トリガール！

中村 航

phase1 APRIL BIRD 5

phase2 ROAD to FLIGHT 59

phase3 RESTART 125

phase4 TEAM SKYHIGH LARIAT 189

phase5 ALBATROSS at BIRDMAN RALLY 235

Special Edition 287

本文イラスト　宮尾和孝

phase1
APRIL BIRD

巨大なスクリーンの中、夏の琵琶湖《びわこ》がきらきらと光った。

輝く湖面と空を見上げ、わたしと和美《かずみ》は、わー、と声を漏らした。湖岸には、スキーのジャンプ台のようなやぐらが組まれている。大きな翼を広げた飛行機が、やぐらの上へと運ばれていく。

スクリーンには、年に一度の『鳥人間コンテスト』という番組が映っていた。〝人力プロペラ機ディスタンス部門〟というテロップとともに映像が切り替わり、赤いヘルメットを被《かぶ》ったパイロットのインタビューが始まる。仲間のために飛びますとか何とかその人は答え、最後に顔をくしゃくしゃにしながら握り拳《こぶし》を作った。

おれはやるぞぉー！

パイロットが気合いを放つと同時に大歓声が響き、湖岸の応援団に映像が切り替わった。どんどこ、どんどこ、どんどこ、どこどん、と、太鼓を鳴らしながら、ざっと五〇〜六〇人はいる赤いTシャツ姿の学生たちが大声をあげる。

やがてパイロットは、メカニックに囲まれながら機体に乗り込んでいった。

彼らが飛ばそうとしているのは、人間の力でプロペラを回して空を飛ぶ〝人力飛行機〟だ。さっきわたしたちはその模型を、実際に見せてもらった。この鳥人間コンテストに参加する、『T.S.L.（チーム・スカイハイ・ラリアット）』というサークルの勧誘イベントに、わたしと和美は参加している。

――僕らと一緒に、空を飛びませんかー。

四月のキャンパスでは、大勢の先輩たちが、新入生を勧誘していた。青いつなぎの上に、THE　BIRDMANと書かれた黄色いはっぴ。奇抜な格好が春の陽気の下でひと際目立っている。にこにこにこ、さあさあさあ、どうぞどうぞどうぞどうぞ――。その前のめりで高気圧な勧誘に、わたしはたじろいだ。

『T.S.L.』は、大きなサークルみたいだった。新入生歓迎行事として、大教室を借り切っての展示や、ビデオ上映をしているという。

「行こう！　ゆきな、行こう！　行こう！」

和美は最初からノリノリだった。はっぴの先輩たちというより、和美に引っ張られて、わたしは歓迎の渦の中に入っていった。

「へえー、これが飛んじゃうのか。へえー、へー」

純白の翼を左右に広げた人力飛行機が、大教室の中央にどどん、と展示されていた。

「この八倍ってことは、かなり大きいってことだよね」

「うん、そうだね」

展示されている人力飛行機は本物ではなく、模型ということだった。しなやかで軽そうな翼が、五メートルくらいはある。これで八分の一スケールということだから、実物の翼は四〇メートルくらいだ。かなり巨大な乗り物らしい。

「凄《すご》ーい。ねえ、凄いねー」

「……うん、凄いね」

和美はその人力飛行機に、めちゃめちゃ興味を示していた。わたしも興味がないことはないんだけれど、和美に比べたら多分、八分の一スケールくらいの興味だ。

「おー、シブい」

コックピットの中を覗《のぞ》き込む和美の背中を、わたしは見つめた。顔を戻した和美は、今度は壁に飾られたプロペラを見あげた。

「ねえねえ、あれ凄くきれいじゃない？　ほら、ゆきな、凄いよ！」

うっとり、といった感じに、和美はその巨大プロペラを見つめた。マリー・アントワネットのお召し替えを見つめる、名もなき侍女のような目つきで。

だけど、プロペラが美しいなんていう発想は、わたしにはまるでなかった。

「きれーい、ねえ見て、この曲面。滑らかで、精度が高そうじゃない？」

「……うん、精度が……高そうだね」

「工芸品みたいだねえ。こんなのどうやって作るんだろー」

どうやって作るのかなんて、わたしにわかるわけはなかった。

「……売っている……わけじゃないよね？」

「当たり前じゃーん、あはは、ゆきなっておもしろいこと言うね」

和美は愉快そうに笑った。確かにこんなものが、電器屋とかホームセンターに売っているわけはなかった。だけど、わたしにとってそれは、スマホや、ノートパソコンや、コンタクトレンズや自動車と同じように、〝どこかで誰かが作った〟ものにしか見えない。

「――削るんだ」

いきなり割り込んできた声に驚いて振り向くと、サークルの部員らしき人がプロペラを見つめていた。

「毎日、毎日、数マイクロメートルずつ削っていく。削ったら回して風を測って、また削る。また削る。そうして、この美しいプロペラができるんだ。ペラは滑らかにねじれ、そのねじれは、ぐるっと回って完結する」

その人はプロペラを見つめたまま、言葉を継いだ。

「この美しさは、君たちにはわからないかもしれないけど――」

「わかります！」

こちらを見ることなくプロペラについて語りだしたその人にも驚いたけれど、食い付く和美にも驚いてしまった。二人は壁のほうを向いて並びながら、何やら熱く話し始めた。

「何ていうか……、この幾何的なねじれが、凄く美しいですよね」

「ああ。言ってみればこれはつまり、複雑な高次関数のグラフを、具現化したようなものなんだ。ずいぶん昔のプロペラだから、削って削って、精度を出していったんだろうね」

「へえ！　こんな形状に加工するのって、想像つかないです。マシニングセンターとか使ってるんですか？」

「そうだね」
プ、プロペラトーク！　初めて出会った大学生の男女が、一度も目も合わすことなく、プロペラの話をしている！
「プロペラってのは、風そのものだと思うんだ。風の起点になるわけだから。完璧《かんぺき》な風がないように、プロペラにも完璧はない。このサークルでは、毎年、理想の風を追い求めているんだ」

その会話にわたしが入り込む余地はなかった。扇風機の前で、ワレワレ宇宙人はー、と言えば変な声になっておもしろいけれど、プロペラについてわたしが語れることはそれくらいだ。女子大生としてはそれでもいいんだろうけれど、ちょっとだけ不安に思うことがあった。

――これから、どうしよう。

問題なのは機械やら何やらに興味のないわたしが、工業大学の、しかも機械工学科に入ってしまったことだ。

勉強は得意じゃなかったけれど、まんべんなくやってきた。単なる結果として、国語よりも数学のほうが点が取れ、社会よりも理科のほうが成績が良かった。おだてられると調子に乗るタイプのわたしは、友だちに数学を教えまくっているうちに、ますますその傾向を強くしていった。

女子には珍しいタイプだった。高校の先生には「お前はおっさん脳を持ってるな」と言われた。あまり深く考えることなく理系に進んだ。何となく興味のあった建築学科を手当たり次第に受験し、全滅した。

その後一年浪人して、唯一受かったのが、この工業大学の機械工学科だ。

今日も授業のガイダンスを受けたけれど、自分がこれからどんなことを、どんな気持ちでするのか、ほとんどイメージできなかった。実習や実験の授業がいっぱいあるようだけど、やっていけるのか不安だ。だって機械製図法にも、加工工学概論にも、材料力学演習にも、塑性《そせい》加工学にも、蒸気工学にも、流体力学演習にも、機械振動学にも、わたしはまるで興味を持てないのだ。

大学の中でも機械工学科は特に女子が少なかった。右も左も男子ばかりの機械工学科で二人きりの女子だったわたしと和美は、いきなり、盟友、という感じになった。

――機械工学科に入ったのは、工場を継ぐかもしれないってのもあるんだ。

初めて会ったとき、和美は言った。

和美の家は小さな町工場を経営しているらしい。彼女は三人姉妹の真ん中で、小さい頃から姉妹の誰よりもお父さんっ子だった。工場で働くお父さんの姿を追いかけているうちに、生粋の機械女子になってしまったらしい。

わたしにも和美みたいな〝理由〟があればなあ、と思う。今、目の前のプロペラにさえ好奇心を全開にできる和美を、うらやましく感じていた。

わたしは今日だって、同じ学科の彼女に引っ張られ、何となくここにやってきただけだ。考えてみたら今までだって、私が何かに強く興味を持って、そのために主体的に行動したようなことは……なかったのかもしれない……。

「僕はプロペラ班のOBで、みんなにはペラ夫《お》って呼ばれてる」

ペラ夫さんは、一切こっちを見ずに言った。

あー、はいー、とか何とか、和美は返事をした。和美はプロペラには興味があるけど、ペラ夫さんには興味がないみたいだ。


――よかったら、観ていってねー。


そのとき後ろから声がして、わたしたちはゆっくりと振り向いた。くもり空のようなわたしの気持ちとは裏腹に、教室前方の巨大なスクリーンモニターには、抜けるような空が映されていた。青空の下の湖面が、きらきらと光っている。青と白と群青の世界――。

和美とわたしは引き寄せられるように、教室前方へと歩き、スクリーンの前に並んで座った。それからずっと、その映像を見つめ続けている。気付けば、ペラ夫さんは、どこにもいない。

『さあ！　我らの鳥人願望を、大空に解き放て！』

アナウンサーの熱い声が響いた。スクリーンの中でフライトの準備を終えたのは、東北のウィンズゲートというチームらしい。

細長い翼の巨大カモメ、という感じの機体だった。〝鳥と飛行機の異種交配〟という言い方が、一番正確かもしれない。これからこの人力飛行機が、琵琶湖の対岸を目指して飛ぶらしい。

「行っきまーす!」

雄叫《おたけ》びとともに、赤いヘルメットのパイロットがペダルを漕《こ》ぎ始めた。

『チーム・ウィンズゲート、今、テイクオフだ!』

アナウンサーの声が、琵琶湖の空に響く。

「三、二、一——、GO!」

同時にチームメイト三人が機体を押しだし、プラットホームからその『鳥』が飛びたった。湖面に浮かぶ何台ものボートが、機体を追いかけるように走りだす。

「わあー!」

映像に見入っていた和美が声をだした。わたしの口からも、似たような声が漏れる。

飛んでる——。

きれいだった。巨大カモメが、空の祝福を受けて、宙を舞うように進む。従者のようなボートたちが、水しぶきをあげながら、その『鳥』を追う。ぱたぱたぱた、とボートの艫《とも》でフラッグがはためく。

ふわり——。

たゆたう波の上、光を浴びた機体はゆっくりと進んだ。空の青と、湖の群青。二つの巨大な青の真ん中で、白い機体は何か大切なものを運ぶように、静かに進む。

「……凄《すご》い」

湖上を、すー、と飛んでいく人力飛行機に、わたしは息を呑《の》んだ。

余計なものを全て削《そ》ぎ落としていって、最後に唯一残された、ふわり、と浮くだけの意志。湖面の数メートル上を滑るように進んでいく機体は、シンプルな意志そのものだ。意志と風が手を繋《つな》いで、このフライトを構成している。まっすぐに湖上を進む巨大カモメの姿は、勇敢で、美しくて、何故だか少し切ない。

鳥人間コンテストを観るのは初めてではなかった。だけど以前に観たときには、こんな感慨はなかった。多分、何か別のことをしながら、横目で観る感じだったのだろう。

だけど何だっけ……、と思った。何か気持ちに引っかかるというか、思いださなきゃならないことがあった気がする。前にこの番組を観て、大切なことがあったような気がするのだけれど……。

「流されてないか！」

パイロットが叫ぶのと同時に、映像がコックピットの内部に切り替わった。CCDカメラに写されたパイロットが、必死にペダルを漕いでいる。はあ、はあ、はあ、はあ、と、彼は荒い息を吐く。

『大丈夫だ！　けど右！　もっと右に。もっと！　そうだ！』

ボートで併走するチームメイトが、インカムで返した。

「オッケー！　流れてなきゃそれでいい！」

なるほど――、と思う。パイロットは外のスタッフと交信しながら、機体を操縦しているのか。チームワークが大事な競技なんだ――。

「風を！」

ペダルを漕ぐパイロットが叫んだ。

「風を拾え！　そして今を生きるんだ！」

興奮したパイロットは荒い息とともに、とてつもなく非日常的な言葉を吐きだした。

「おれならできる！　いつだって中途半端だった自分に、今っ」

パイロットは叫んだ。

「ケリをつけてやるんだっ！」

え――！　と思う。彼の中で一体、今、何が起きているんだろう⁉

「そこらの名もなき鳥だって、必死に空を飛んでんだ。負けらんねえぞ！」

家で牛乳を飲みながらテレビを見ていたなら、絶対に噴きだしてしまっただろう。

「力を解き放て！　おれはもっと飛ぶんだ！」

だけど今、わたしはその映像に釘付《くぎづ》けだった。どんな気持ちなんだろう。彼はどんな気持ちで漕いでいるんだろう。

「太陽が昇りきる前に、生きる意味を探しにいくぞ！」

マンガの中でしか見たことないような気迫だった。だけど彼の本気は今、全世界を巻き込むように炸裂《さくれつ》し、高らかに渦巻いている。

「諦《あきら》めるな！　みんなが待ってる。みんなのもとに帰るんだ！」

凄《すさ》まじかった。哀しみの戦士が宇宙《そら》で闘っているのではない。滋賀県の真ん中にある琵琶湖の上で、このような言葉が放たれているのだ。

「飛ぶぞ！　もっと飛んでやる！」

ふわり、ふわり、と、飛行はまだまだ続いた。はあ、はあ、と彼の息づかいが画面いっぱいに響く。だけど順調に見えても、機体は少しずつ風に流されて失速しているようだ。

「風よ、お願いだ！　もう少しだけ飛ばせてくれ！」

機体は、少しずつ湖面に近付いていった。モニターを見守る湖岸の応援団が、悲鳴のような声をあげる。

「まだ漕げる！　まだ飛べるだろ！」

いつの間にかわたしも、手を固く握りしめていた。頑張れ、あーっ、でも、もうだめ！　だめかも！　あー!!

「墜《お》ちたくない！　あああぁっあっっ」

一度湖面に着水した機体だったが、パイロットの雄叫びとともに少しだけ持ち直した。

「墜ちたくないっ！　まだ墜ちたくないあああぁあああっっ!!」

だけど機体はまた、ゆっくりと下降していく。

「うわあああああっあああっああぁぁあああああっっー」

断末魔みたいな声が最後だった。機体が湖面にスプラッシュし、コックピットがいきなり大破した。

がぼぼぼがぼがががが、と、CCDカメラが水に満たされた。湖面を走っていたボートが、沈む人力飛行機を取り囲むようにして、パイロットの救出へと向かう。

『だが、チーム・ウィンズゲート、これはビッグフライトになったか！』

アナウンサーの声が聞こえ、機体の飛行距離が発表されたとき、大歓声があがった。

距離一万八五四〇・三一メートル——現在、第一位。最後は大破で終わったけれど、そのフライトは大成功だったらしい。チームは知恵と力を結集して、琵琶湖の上を二〇キロ近く飛んだのだ。

湖岸の応援団が大歓声をあげ、拍手をしていた。涙ぐむ人も、雄叫びをあげる人もいる。

ボートの上に引き上げられたびしょ濡《ぬ》れパイロットが、仲間と抱き合い、おうおうと泣いていた。彼の達成感が、第三者のわたしにまで、じわり、と伝わってくる。

よかったね。これで、みんなのもとに帰れるね——。

ぱちぱちぱちぱち、とスクリーンに向かって拍手する和美の横で、わたしはいきなり思いだしていた。

二年前の夏——。受験勉強を、いやいや始めた時期のこと。前に鳥人間コンテストをテレビで観たのは、二年前の夏のことだった。

あのときわたしは居間で、物理の問題を解いていた。うーん……。むー……。んむー……。何これ全然わからないんだけど。

「ペラ回します！」

ふと目を上げたとき、テレビの中で、誰かが宣言していた。

「行ぃーくーぞーっ、おらあっ」

そのパイロットは、そんなふうに叫んでいたと思う。ピンクのウェアを身に着けたパイロットが、まさに飛びたとうとしていた。

だけど機体がプラットホームから放たれた後は、さっきまで観ていた光景とは全く違った。巨大な機体は急激に高度を落とし、斜めに流れる。飛行ではなく、滑降だった。そのまま落ちていった機体は、やがて湖面で大破する。

記録、一五メートル……。

「うわぁあああぁ、わあああんあぁ、あっ、わあああぁああああぁあ」

救出されたピンクのパイロットが、ボートのデッキに手足をついて号泣していた。誰も彼に声を掛けられなかった。

こんなに号泣する男の人を見たのは、初めてだった。夏の最後の夕立のような大号泣だった。

シャープペンシルを握りながら、わたしはピンクのウェアのその人を、じっと見つめた。どうしてなんだろう。どうしてこの人はこんなにも泣いているんだろう……。どうしてこんなに、泣くことができるんだろう……。

やがて画面がCMに切り替わり、わたしはテレビから目を離した。好きなわけでもない物理の問題を解こうと、問題集に目を落とす。

——あ、できた。

このとき、全然解けなかった物理の問題があっさり解けた。落下する物体——重力加速度の問題。それと同じ問題が、今年、この大学の入試に出た。

そして、そんなに入りたかったわけではないこの大学に、わたしは入学することができた。

「人間にはさ、飛行願望があるんだよ」

いつの間にか隣にいた人の言葉に、わたしは驚いて振り返った。

「だけど誰だって、普通はさ、」

サークルの部員らしき人は、わたしと和美の両方と、順に目を合わせた。

「まさか自分が空を飛べるなんて、考えないよね」

「ですよねー」

返事をためらうわたしをよそに、和美は元気よく答えた。

「人間って、重力にしばられて生きているでしょ？」

「はい」

「でもね、みんなの力を合わせれば、僕らはほんのひとときだけど、重力に逆らって飛ぶことができるんだよ」

わたしの背丈とさほど変わらない、小柄な男の人だった。

「重力に逆らうってのはさ、本当は神さまに逆らうことなんだ」

人の心にするり、と入り込んでくるような親しみやすい笑顔を、彼はこちらに向けた。

「だから飛ぶってのは、パンクロックよりも反抗的だし、でも気分は三ツ矢サイダーより爽《さわ》やかなんだ」

にっこりと微笑んだその男の人の胸元で、銀色のペンダントが小さく揺れていた。

「君たちだって飛べる。ほら、ここに名前を書けば、君たちだって飛べるんだよ」

「はい！　書きます」

和美はノリノリで、先輩の差し出したノートに名前と学籍番号を書き始めた。

「え？　もう決めちゃうの？」

「うん、おもしろそう。凄《すご》くおもしろそうじゃん！　ゆきなもほら、名前書きなよ」

え……、ど、どうしよう……。

「ゆきなちゃん。はい」

その先輩は、今耳にしたばかりのわたしの名前を軽々と〝ちゃん付け〟で呼んだ。軽薄なようでも、うさんくさいようでもある。白くてこぎれいなシャツの上で、天使の翼を象《かたど》った銀色のペンダントが揺れている。

「僕は高橋圭《たかはしけい》。ゆきなちゃんも、ほら、名前だけでも書いていってよ。これで正式入部になるわけじゃないからさ」

「……えーっと、……名前だけ……でいいんだったら」

わたしはおそるおそる、そのノートに名前を書き始めた。

「へえー、鳥山《とりやま》ゆきなちゃん、」

ノートを見つめながら、高橋圭先輩はわたしの名前を確認するように読みあげた。

「ん？　鳥山……。あれ？　鳥山ってまさか、君のお父さんって、鳥山あき――」

「違います！」

名前を名乗ると六割くらいの確率でそのことを訊《き》かれるので、否定し慣れていた。

「……けど、鳥山ってことは、」

「いいえ。うちのお父さんは公務員で、全然マンガなんか描かないし」

「いや。そうじゃなくて、鳥山って、すごくうち向きの名前だと思って。だって『T.S.L.』は、みんなで鳥になって空を飛ぶサークルだから」

「あ……」

「ぜひ入ってよ、鳥山さん！　ここはきっと、君のためのサークルだよ！」

「そうだよ、ゆきな、鳥山なんだから、入ろうよ」

言いがかりみたいな理由を振りかざし、和美までけしかけてきた。

「どうした圭ー、入部希望者か」

「あ、部長」

部長、と呼ばれたメガネの男の人が、わたしたちの背後から現れた。THE BIRDMANと書かれた黄色いはっぴを、彼は着ている。世の中のメガネには、人望の厚そうなのと薄そうなのの二種類いるのだが、この人は人望の厚そうなメガネだ。

「部長、こちら和美ちゃんと、鳥山ゆきなさんです」

「え!?」

部長のメガネが、きらーん、と光った。

「と、鳥山……、鳥山ってまさか」

「違います！」

音速を超えるスピードでわたしは答えた。

「だけど……、鳥山ってことは……、なあ？」

部長に同意を求められた圭先輩と和美が、うんうん、と頷《うなず》いた。

「バードマウンテンってことだ」

「入ろう！」

「鳥山だから入ろう！」

「鳥山なんだから入ろうよ！」

「そうだよ！　鳥山でしょ？」

「鳥山って凄いよ！」

三人はペンを持つわたしに繰り返した。こ、断りきれない！

このサークルに入るのも、運命なのかもしれない——。高三のとき観たピンクのパイロットを思いだしながら、何故だかそんな気がしていた。

「ゆきなちゃんは何色が好き？」

それで今、圭と一緒にサイクルショップに来ていた。

「……白かな」

ちょっと考えて答えた。

圭先輩は一学年上だけど、わたしが浪人しているので実際はタメ年だ。だから、タメ口でいいらしい。それで本当にタメ口をきいてしまえるような気安さが、彼にはあった。

「白だと……これなんかどうかな？」

モノトーンでスタイリッシュなものから、カラフルで派手なものまで、ショップには様々なロードバイクが並んでいた。さっきからいろいろ見ていて、格好いいな、とは思うのだけど、何かこう、しっくりとこない。大まかな形とかはみんな同じだから、決め手に欠けるのかもしれない。

そもそもわたし、本当にロードバイクなんて買うんだろうか……。まあまあ、行ってみようよ、なんて言われて付いてきてしまったけれど……。

あの勧誘イベントの翌日、行こう行こうとまた和美に誘われて『T.S.L.』のいろいろな班を見学しに行った。

プロペラ班、翼班、フェアリング班、電装班、フレーム（及び駆動システム）班、と、いろいろな班があった。庶務班というものもある。

だけど、どこに入りたいかと聞かれても、全く決めようがなかった。だってプロペラ班と翼班とフレーム班の間に、わたしの興味の差異は全くないのだ。

和美もとても迷っていたけれど、それはわたしとは全然違う意味でだ。サーティワンでアイスを選ぶときと同じような感じで、彼女は迷いまくっていた。

えー、プロペラも楽しそうだけど、駆動システムもいいなあー、翼もきれいだしー、うーん、フェアリングってコックピットを包む枠のこと？　あー、それも楽しそうだなー。

和美が決めたら、わたしもそれに付いていこうと思っていた。だけど和美はなかなか決められずにいた。そんなときわたしに声を掛けてきたのが、勧誘イベントのときにも会った小柄な先輩、高橋圭だった。

もしかしたらわたしがメカにもエレキにも興味ないことを、彼は見透かしていたのかもしれない。

「ゆきなちゃん、パイロット班においでよ」

「パイロット⁉」

人力プロペラ飛行機は、パイロットがペダルを漕《こ》ぐことで動力を得る。ガレージで活動する制作チームとは別に、パイロット班という別働隊があるらしかった。

「無理ですよ！　できるわけないじゃないですかー」

飛ぶんだ！　もっと飛ぶんだ！　頭の中に、昨日観た格好良すぎるパイロットが浮かんだ。風よ、お願いだ！　もう少しだけ飛ばせてくれ！

「大丈夫だよー。パイロット班っていっても、飛行機に乗らなきゃいけないってわけじゃないし。実際に飛行機に乗るのは、二人だけなんだ」

圭は人懐っこい顔をして笑った。圭がパイロットだということを、そのとき初めて知った。パイロット班のメンバーは普段、自転車を漕いでトレーニングをしているらしい。

「でもわたし、自転車なんて、ママチャリしか持ってないし……」

「最初はみんなそう言うけど、軽い気持ちでやってみると、意外と楽しいよ。それに、ほら、ダイエットにもなるし」

失礼な！　と思いつつも、ダイエットという単語には興味をそそられた。高校生のときは、バスケ部でがんがん体を鍛えていた。一年の浪人生活の間、体がなまらないように近所を走ったりはしていたけれど、体重は確かに少し増えてしまっていた。

「でも、自転車だと、脚が太くなったりしますよね？」

「いやいや、」

うふふふ、という感じに圭は笑いながら、首を振った。

「みんな最初はそう思うみたいだけど、ロードやってる女の人とか、かえって細いくらいだよ。極端な負荷をかけなければ、脚太くなんてならないんだから」

確かに圭の体形は、野生動物みたいにしなやかで、自然な感じだった。

「仮にパイロット班に籍を置いてさ、無理だなーって思ったら、制作のほうに移ってもいいし」

にっこりと笑う彼の胸元で、天使の翼を象《かたど》った銀色のペンダントが揺れていた。

結局、圭の言葉と笑顔に丸め込まれ、わたしは深く考えずにパイロット班に入ってしまった。後から知ったのだが、その時点でのパイロット班のメンバーは、圭と三回生の先輩の二名だけだったらしい。つまりわたしを含めて、たったの三人だ。

「ゆきなちゃん、だったら、ちょっとロードバイク見に行ってみようよ」

「ロードバイク？」

「ママチャリだと買い物くらいしか行けないじゃない？　ロードバイクに乗るっての

はスポーツだからさ、乗ってみると楽しいよー」

「んー、でも、まだそんなに、本格的にやるのは……」

「大丈夫、大丈夫。スポーツっていっても、単に自転車に乗るだけだから。晴れた日に、通学で使ってみるとかさ。ロードバイクって軽いんだよ。ママチャリの三分の一くらいかな？」

「え、三分の一⁉」

ちょっと驚いてしまった。

「うん、それに何といっても格好いいしね。ゆきなちゃんってほら、何ていうか……シンプルで健康的な感じに可愛いから。あははっ。でも、うん、颯爽《さっそう》とした感じの女の子には、凄《すご》く似合うと思うんだ」

圭は邪気のない笑顔で、わたしをその気にさせようとする。羽のような軽さなのか、トーク術なのか、人徳なのか、何がそうさせるのかはわからないけど、ともかくだんだんやってもいいかなという気になってくる。

もしかしたら、キャッチセールスに引っかかったような感じかもしれなかった。ロードバイクのことなんて今まで一度も考えたことがなかったし、大学に入ってまだ数日しか経っていなかった。だけどわたしはパイロット班に入って、ロードバイクを見に行く約束までしてしまった。

ちなみに和美は、ピエール・マルコリーニのチョコを選ぶときみたいにさんざん迷い続け、結局、プロペラ班に入った。

「あと、白っていうと、このあたりかな」

「……うーん」

今、圭と一緒にロードバイクを見に来ていた。この行動がどんなことに繋《つな》がるのか、わたしにはまだ、あまり想像がついていない。

ロードバイクは確かに格好良かった。乗って走ってみたいな、という気にもなる。

「でも、ロードバイクって結構、高いんだね」

「まあ、安いものもあるけど、ある程度のものじゃないとね」

ひとまずは一〇万円、というのが目安な感じだった。高いものは天井知らずに高い。

「これなんかも、スタイリッシュでいいよね」

「うん……」

圭が指さすバイクを見つめ、考えてみた。欲しいなー、とは思うけれど、他と比べて、これじゃなきゃ、という決め手には欠ける。

「ねえ、圭は自分のバイク買ったとき、どうやって決めたの？」

「ああ、」

圭は穏やかに微笑んだ。

「取りあえず予算内でね、一番格好いいと思ったのを買ったよ」

「見た目だけ？」

「うん。サドルもタイヤも、部品は後からいくらでも交換できるからね。とにかく最初はインスピレーションって感じかな」

だけどわたしにはそのインスピレーションが降りてこなかった。もともと買うと決めてきたわけじゃないしなー、と思い始めていた。圭の薦める白いバイクから目を離し、顔を上げたそのときだった。

「……あ、」

何故だか、一台のロードバイクが目に留まった。壁にワイヤーで固定されていたそのバイクに呼ばれた気がした。突然、重力加速度の問題が解けたときと、似た感じだったかもしれない。

「ねえ、あれ、可愛いかも」

「あー、うん、いいね。凄くいいよ。ゆきなちゃんに似合うね！」

白が好きと言いながら、それは全然白くなかった。ピンク色のサドルとピンク色のタイヤを、黒いフレームが結んでいる。

何故かはわからなかったけど、わたしはそのピンクのバイクを抱きしめたい気持ちになっていた。こういうのをインスピレーションっていうのだろうか……。

「このバイクを通学に使えばさ、交通費が浮いちゃうじゃん。それでローンが払えちゃうんじゃないの？」

「え、ホントに？」

圭の提案はなかなかの破壊力を持っていた。もしかしたらその提案は、彼の中で切り札として用意されていたのかもしれない。

「ねえ、下ろして見せてもらおうか？」

囁《ささや》くように言う圭に、うん、と頷《うなず》く。

「すいませーん」

圭が大きな声を出して、お店の人に頼んでくれた。わたしはどきどきしながら、その作業を見守る。

近くで見せてもらったピンクのバイクは、やっぱり可愛かった。またがってみても、何だかわたしに似合っている気がする。

「ねえ、これ――」

圭の顔を見た。彼は黙って、うん、と頷く。人懐っこい、子犬のような顔をして。

その顔を見ていたら、気持ちは固まっていった。

「……わたし、買っちゃおうかな」

「うん、いいと思うよ。すごくいいよー」

急激に愉快な気分になってきた。いいかもしれない。自分がそのバイクに乗って街を駆け抜ける姿を想像してみる。うん、いいかもしれない！

バイクは十八段変速、ということだった。結構、大きな買い物になることはわかっていた。多分、十八回くらいのローンを組まなきゃならないのだろう。

どきどきとわくわくが混じったような気持ちで、わたしはレジに向かっていた。

朝、お気に入りのサイクルウェアを着て、ノートや着替えを入れたリュックを背負う。驚くほど軽いピンクの愛車をガレージから出し、あらよっ、とまたがる。

ペダルを踏み込んでから数秒で、わたしは風の王様みたいな気分になる。

一週間前まで、自転車で学校に通うなんてことは、一ミリも想像していなかった。だけどバイクを手に入れた翌朝から、自宅からキャンパスまでの十数キロを、私はピンクの愛車で通っている。

パイロット班の活動の一環として、これは一応、体力づくりのための活動だ。だけどわたしにとっては、それ以外の利点が大きかった。

第一にこれは健康にいいだろう。もちろんダイエットにもなる。

第二に往復の交通費がまるまる浮いた。家のドアから学校までにかかる時間も、電車に乗るのとほとんど変わらない。

第三に——これは最近気付いたんだけれども——ロードバイクで走るのは気分が良かった。というよりアレだ。すっごく、すっごく、気持ちいい！

朝の景色が、時間よりも早く後ろへと流れていった。わたしは風を切って、距離と時間を飛び越える。タイヤのグリップが路面を捉《とら》える感覚は、とても確かだ。

気持ちいいー！　って叫びたかった。空や、風や、太陽や、すれ違う人たちにも伝えたかった。わたしは今、最高の気分です！

「おはよう！」

「あ、おはよー」

キャンパスまであと三キロくらいの地点で、圭と合流した。圭はここに着くまで、すでに二〇キロくらいの距離を走ってきている。サラダ系爽《さわ》やか男子の圭に、真っ白なバイクと汗がよく似合っている。

「バイクどう？　気持ちいいでしょ」

「うん。まあまあかな」

そんなふうに答えながらも、わたしは満面の笑みだった。地面を走るだけでこんなに気分がいいのに、空を飛んだらどんな気分なんだろう——。

「ん？　何か言った？」

「ううん。先走っていい？」

「いいよー」

圭の真っ白なバイクを追い越して、わたしたちは一列に並んだ。キャンパスまであと少し、わたしたちは颯爽《さっそう》とペダルを漕《こ》ぐ。


昼休みに、圭と学食で待ち合わせた。何だか大学生になってから、圭と一緒にいてばかりな気がする。

「あんたたち、ひょっとして⁉」

和美に言われたけど、そういうアレでは全然なかった。むしろ、圭って、ひょっとして……と思ってしまう。

圭は中高生のとき、〝乙女〟というあだ名だったらしい。スポーツマンのくせに可愛いものが好きだったりして、どんな女子とも感じよく友だち付き合いしている。周りが男ばかりの中でも全然物怖《おじ》じしないサバけたタイプの和美よりも、よっぽど女の子っぽいかもしれない。

「今日も、同じメニューなの？」

「うん」

だけど彼は正真正銘のアスリートだった。カフェテリア形式の学食でも、ずいぶんストイックなメニューを選んでいる。納豆、鶏のささみ、海藻のサラダ。今日は何もかけないスパゲティなんてものを、厨房《ちゅうぼう》の人に頼んで作ってもらっている。

「……凄《すご》い、食事だね」

自分の選んだラタトゥイユ丼と見比べながら、わたしは言った。

「まあ、味気ないんだけどねー」

本当は甘いものが大好きな圭は、しょんぼり顔でフォークを手に取った。

「僕は出力を上げなきゃいけないからさ」

何もかかっていない白いスパゲティに、圭はぱらぱらと塩を振る。

「逆に先輩は、重量のほうが問題なんだけど……」

「出力？　重量？」

わたしは首を捻《ひね》った。先輩ってのはパイロット班の、もう一人の、まだ会ったことのない先輩のことだろう。

「先輩の口癖でさ、おれたちはエンジンだって」

「エンジン？」

「人力飛行機にとっては、乗る人がエンジンに当たるでしょ？」

「……ああ」

「だからパイロットは、設計段階で体重と出力を指定されるんだ。お前は体重六〇キロで、出力は二五〇ワットを二〇分、とかって」

「……なるほど」

考えたことがなかったけれど、それはそうなんだろう。漕ぐ人の体重と力を基に機体を設計する、というのは、言われてみれば当たり前のことだ。

「うちは二人乗り飛行機だから――」

くるくるくる、と、圭はスパゲティを器用にフォークに巻く。

「僕と先輩で合わせて、体重は一二五キロ、出力は五三〇ワット、ってのが今年の機体の仕様なんだ」

「へえー」

「僕は体重はいいんだけど非力だから、筋力つけて出力を上げなきゃだし、逆に先輩は体重オーバーなんだ。パワーはめちゃめちゃあるんだけど――」

スパゲティを口に運びながら、圭は説明してくれた。

何でもその先輩というのは、最大出力一〇〇〇ワットを軽く超える怪物らしかった

（凄さがよくわからないけど）。ただもともとかなり太っていたらしく、一五キロの減量を課せられた。減量は進んだけれど、まだあと五キロ落とさなければならないらしい。

「坂場《さかば》先輩っていうんだけどね」

圭は目を伏せ、悲しいできごとを語るときのような口調で、その人のことを語った。

「ちょっと変わり者でね、会合なんかにはあまり顔を出さないんだ。勧誘イベントにも一回も来なかったし。だから僕以外の人は、なかなか先輩と話をすることもないみたいで……、デカいから威圧感もあるし、腹が減ると機嫌が悪いし……、本当はいい人なんだけど……」

ラタトゥィユ丼を食べながら、わたしは計算していた。圭が五〇キロくらい、とすればその坂場先輩っていう人は、七五キロが目標ということになり、ということは現在は八〇キロだ。

「体重をオーバーしちゃうと、どうなるの？」

「ツ、イ、ラ、ク。目標の距離は飛べない」

「……ふーん」

圭は納豆に塩を振り、くるくるとかき混ぜる。

「ねえ、納豆にも塩なの？」

「うん。最近は塩味のものしか食べてない」

「そっか……。ごめんね、ラタトゥィユ丼なんて目の前で食べてて」

「いいよ、いいよー」

圭は小さく笑う。

「ねえ、五三〇ワットってどれくらいなの？」

「んー、七五〇ワットで一馬力だけど」

「え！　それって凄くない？」

「いや、まあ、馬って考えたらアレだけど、電子レンジだったら、何分かでお弁当を温めるくらいだよ」

んー、でも凄いじゃないか、と思う。二人の男の運動エネルギーが、冷たいお弁当を温める、というのは何だかやっぱり凄い。

「それって、わたしは、どれくらいなんだろ？」

「ん？　何が？」

「その……わたしは何ワットくらいなのかなって」

あはは、という感じに圭は笑った。圭の胸の銀色ペンダントが、跳ねるように揺れる。

「じゃあさ、授業が終わったら、一緒に測ってみようよ。多分、二〇〇ワットくらいなら、いけると思うよ。測ってみようよ！」

人懐っこい笑顔につられるように、わたしは、うん、と頷《うなず》いていた。

実際、わたしは自分がどれくらい弁当を温められるか、知りたくなっていた。馬の何分の一のパワーなのかも気になっていた。


授業後、圭に連れられて、大学のトレーニングルームへ向かった。

「あそこで、毎日、漕いでるんだ」

学生会館の奥にある近藤《こんどう》記念館を圭は指さす。

近藤記念館というのは、近藤某《なにがし》さんを記念して造られたんだろうけど、それが誰なのかは圭も知らないようだ。数年前に新しく造られた建物で、そのとき大学に不足していた施設が、ごちゃまぜに集まったらしい。

「トレーニングルームがあるのも、あんまり知られてないんじゃないかな？　おかげでいつも空《す》いてていいけど」

圭と坂場先輩（という人）は、ロードバイクでの通学に加え、毎日そこでエアロバイクを漕いでいるらしい。さらに休日になると、山まで自転車を漕ぎに行くらしい。

「えー！　そんなにハードなの？」

何でもないことのように圭は説明するのだけど、わたしにはとんでもないことのように思えた。

「いや、もちろん、ゆきなちゃんは、そこまでしなくてもいいよ」

「……」

そりゃそうだよ、と思いながら、黙って頷いた。

圭の笑顔につられるように、パイロット班に入ってバイクも買ってしまったけれど、楽しくやれる範囲でペダルを漕《こ》ぎたかった。

「今日はどれくらいのパワーがゆきなちゃんにあるのか、測ってみるだけだからさ」

「……うん」

入学してまだ、一週間と少ししか経っていなかった。大学に入って何をするのかなんて、ほとんど考えてなかったけれど、サークルといえばライトスポーツとかインカレとか、そんな感じのものを思い浮かべていた。スイート&フレッシュに、エンジョイ&ラブリィなキャンパスライフを送るつもりだった。

「こっち、こっち」

圭に誘われ、わたしは記念館に入っていった。立派な建物なのだけど、中に人影はほとんどない。こんにちはー、と受付の人に感じよく会釈しながら、圭は階段のほうに向かう。

二階には会議室と応接室とスタジオがあった。何の部屋かわからない部屋もある。一番奥まで行くと、アイアンブルーの金属の扉があった。そこに〝トレーニングルーム〟と書かれたプラカードが掛けてある。

重い扉を開けると、中は閑散としていた。重金属的なトレーニング用の機材が、静かに並んでいる。スイート&フレッシュな感じではもちろんなくて、タフネス&ブルドッグというか、ハードコア&マッスルブラザーな感じだ。

エアロバイクは奥のほうに数台あるみたいで、そっちのほうに、何となく人の気配があった。近付いていくにつれ、その気配が濃くなっていく。ぶんぶんと唸《うな》るような、むんむんと籠《こ》もるような、濃密な運動の気配。

あ、と、その人に気付いた。

エアロバイクを漕ぐ背中から、異様な熱気が立ち上っていた。ふっ、ふっ、ふっ、ふっ、と息を吐く音が聞こえる。かなり大柄で、迫力のある体つきだ。

こ、この人が、もしかして――。

「うん、坂場先輩だよ」

大迫力だった。スパークする回転が、渦巻く熱気を周囲に放っていた。こりゃあ弁当でも何でも、簡単に温められそうだった。何となく、モアイ像を三つくらいロープでしばって、この人が自転車で引っ張っている姿が思い浮かぶ。

背中や脚の筋肉が隆起していた。肉厚だけど、贅肉《ぜいにく》のなさそうな体だ。これでもまだ減量が必要なのだとしたら、一体どこを削《そ》ぎ落とすのだろうか……。

ひどく汗だくで、正直、近寄りがたかった。というより、近寄ってはいけないもののような気がする。どうしようか、どうやって声を掛けようか、と迷い始めたわたしに、圭が静かに首を振った。

「もうちょっと……。終わるまで待ってね」

わたしから目を逸《そ》らした圭は、坂場先輩の背中をじっと見つめた。

ふっ、ふっ、ふっ、ふっ、という音が続き、ぼたぼたぼたと、汗が床にしたたり落ちた。ペダルは高速で回転を続ける。トレーニングルームの端で巻き起こる小さな嵐を、わたしたちはしばらく見つめる。

やがて、ぴぴぴぴぴ、とアラームが鳴った。丸太のような彼の両脚からすーっと力が抜けていくのがわかった。

はあはあ、はあはあ、はあははあはあ、はあはあ、はあ、はあ。

バイクから転げ落ちるようになった坂場先輩は、そのままごろん、と横になった。

「おつかれさまです、先輩」

前に出た圭が、先輩を覗《のぞ》き込むようにして声を掛けた。

「お、はあはあ、はあはあ、おあお、はあ、はあはあ、はあ」

かすかに漏れ出た声が、呼吸音に掻《か》き消された。

「先輩、今日は例の、気合いのほうを鍛えるやつですか？」

「はあはあ、はあはあ、おおあ、はあはあ、はあはあ」

「そうですか。でもそれにしたって、ちょっと非科学的すぎですよ」

「はあはあ、おはあはあ、はあ、はあ」

「今度から、ちゃんとダウンもしてくださいよ」

「おあお、はあはあ、はあは、あはあ」

何だかわからないけど、会話になっているようだ。

「先輩、こちら、」

圭に目で促されたわたしは、慌てて一歩前に出た。

「今年パイロット班に入った、一回生の鳥山ゆきなちゃんです。鳥山っていってもアレじゃないですからね。お父さんは普通の公務員だそうです」

「おお、はあはあ、はあはあ、はあ」

息も絶え絶えに坂場先輩は声を出す。

「よろしくお願いします」

おお、とかなんとか反応してくれたのはわかったけれど、坂場先輩はこっちを見ようともしなかった。彼の呼吸はまだまだ荒く、このままではトレーニングルームの酸素がなくなってしまいそうな気さえする。

「うん！」

坂場先輩から目を離した圭が、にっこりと笑った。

「ゆきなちゃん、じゃあ、始めよう」

こっち、こっち、と、圭は手招きした。わたしは坂場先輩から離れ、一番左にあるエアロバイクに向かった。正直、少しほっとしていた。

「よし、じゃあこれでやってみようか。とりあえず負荷はどうしようかな」

エアロバイクの前面にあるパネルを、圭は操作し始めた。寝転がった坂場先輩は、ここからはもう見えない。

「普通は、どれくらいなの？」

「んー、一人乗りの人力飛行機なら、二五〇ワットを継続して出すのが目安かな」

へえー、と思う。二五〇ワットを出せれば、わたしでも空を飛べるってことだろうか……。

「そうだな。今日はとりあえず、二〇〇でいってみようか」

パネルの操作を終えた圭は、にこっと微笑んだ。

「はいっ、どうぞーっ」

「……うん」

小さく頷《うなず》いて、エアロバイクにまたがってみた。ゆっくりとグリップを握り、ペダルに足を置く。

「――ん！」

踏み込んでみたら、想像よりもずっと重かったので驚いてしまった。

「え、こんなに重いの？」

「最初はそう感じるかもしれないけど、すぐに慣れてくるから」

グリップを握り直し、もう一度ペダルを踏み込んでみた。

いやいやいや、と思う。動くことは動くけど、漕ぎ続けるなんてのは……、ましてや空を飛ぶために、これより負荷を大きくするなんてのは……。

「ごめん、これは無理だ」

「まだコツが呑《の》み込めてないだけだよ。力が足りてないわけじゃないから。もう一回、踏ん張ってみて」

もう一度、力を入れてペダルを踏み込んでみた。回せることは回せるけど、やっぱりこれは……、

「うー、無理だ。きつすぎるよ」

「力だけじゃなくてね、回すコツがあるんだよ」

感じのよい笑顔で、圭は言う。

「だけどさ、こんなのやってたら、絶対、脚が太くなっちゃうよ」

「大丈夫だって。ゆきなちゃんって、可愛いし」

「え、何それ？」

「じゃあ、一八〇くらいに負荷を下げてみようか？」

「いやー、でも無理だよー」

「圭！」

わたしと圭の間に、突然、大きな声が割って入った。

「うるせえぞ、圭」

むくり、と、何か大きな石像のようなものが、動く気配がした。振り向くと、ゆらり、と立ち上がった坂場先輩の横姿が見える。

その人の呼吸は、ほとんど正常域に戻っていた。彼はこちらを見ることなく、またエアロバイクにまたがる。

「誰だ？　その女」

パネルを操作しながら、彼は問うた。

「あ、さっき紹介した……パイロット班に入った鳥山さんです。鳥山ゆきなちゃん。

新入生ですよ、先輩」

その人は、そこで初めて、じろり、とこっちを見た。

「さっきから無理無理って言ってるけどな。女には無理だ」

唖然《あぜん》としてしまった。驚きのあまり、しばらく何も考えられなかった。

それからその人は、またぶんぶんエアロバイクを漕《こ》ぎ始めた。その背中をしばらく見つめたわたしは、何も言うことなく、逃げるようにトレーニングルームから出てしまった。

怒るときは、素早く怒っておかないと、後で怒ったってもう遅いということをわたしは知っている。言うべきことを言えずに、その場をやりすごしてしまうと、猛烈に後悔することになる。だけどそのとき、自分がどれだけ怒っているか、後になるまで気付かなかった。

久々だった。いつ以来かはわからないけど、こんなのは久しぶりだ。高校生のときに、あったかもしれないけれど、なかったかもしれない。中学生のときにあったかもしれないけれど、なかったかもしれない。

わたしは、かちーん、ときていた。

――ほら、あの人、今、減量中でイライラしてるから、ごめんね！

あの後、圭が必死にフォローしてくれた。

――あと、あの人、女性に慣れてないからさ。ごめんね！　ホントごめんね！

だけど減量中だろうが女性に慣れてなかろうが、そんなことは全然関係なかった。

わたしは超絶、悔しかったのだ。かちーん、ときて、何かを言い返してやろうとして、でも何も言えなかったことも、凄《すご》く凄く悔やまれる。

ゆっくりお風呂《ふろ》につかって忘れよう、と思ったけど、お風呂を出た瞬間、また怒りが込み上げてきた。圭に免じて許そうとも思ったけど、無理だった。アロマでも炷《た》いて忘れようとしたけど、最後に炷いてから二、三年経っていたそれは、オイルが切れていた。

悔しくて、悔しくて眠れなかった。一日経ってもやっぱり、やっぱり、やっぱり、

「悔しい……」

わたしは和美に愚痴りまくった。

「あのデカいの、なんなの？　女には無理だ――って！　だいたい今どき、人のこと〝女〟って呼ぶ？」

「へえー、そんな先輩がいるんだ。ひどいねえー」

「信じられないよ！　昨日からわたし、悔しくって、悔しくって」

「見返してやりたいよね」

「絶対に、見返してやるし！」

「うん、見返してやりなよー」

何故だか和美は、嬉《うれ》しそうな顔をしていた。

「あ……けど……そう、なんだけど……」

怒っていたし、このまま引き下がるわけにはいかなかった。絶対に、逃げるわけにはいかない。やってやる！　と思っていた。


でも何を!?

あのモアイみたいな男を見返すには、わたしも本気を出さなきゃならなかった。それはそれで負けたような気分にもなる。あんなやつのために本気を出すなんて、バカみたいじゃないか。

だけど、このまま引き下がるわけにはいかなかった。どーん、どーん、と頭の奥で太鼓が鳴っているみたいだった。このままでは、わたしのスジが通らない。逃げるわけにはいかない！

「わたし、真剣にやってみようかな、バイク」

小さな声ながらも、わたしは大学に入って初めて、前向きなことを言ったのかもしれない。

「うん、そうだよー。そんなやつ、ぎゃふん、って言わせちゃいなよ」

「……ぎゃふん？」

「うん、ぎゃふんだよー」

今どき、ぎゃふんなんて言う人がいるとは思えなかったけど、謝ってくださいよ、と言ってやりたかった。二〇〇ワットの負荷で漕げるようになって、全然無理じゃないですよ、謝ってくださいよ先輩、と、クールに言ってやりたかった。

ちょうど大学に入って一〇日が経っていた。こんなことになるとは、思ってもいなかった。エンジョイ&ラブリィなキャンパスライフを送るつもりだった。だけど、

「すいません！　スパゲティ、何もかけずに作っていただけますか？」

ぷるぷる豆乳ラーメンを頼む和美の隣で、わたしは厨房《ちゅうぼう》に向かって声をあげた。

驚！　という表情で和美がわたしを見る。

本当は、ポークソテーなめこおろしソースがけとか、ロコモコ丼とか、鶏の山賊焼きとかを食べたかった。だけど、鶏のささみ、豆腐、海藻サラダ、と、圭を真似たアラカルトのメニューを選ぶ。ロコモコ丼を食べられない恨みを、あのモアイ男にぶつけてやろう、と思っていた。

授業後、圭にも連絡せず、わたしは一人でトレーニングルームに向かった。先に陣取っていたバカ坂場から一番離れて、わたしはエアロバイクにまたがる。こちらを、ちら、とも見ないバカモアイは、きっとわたしのことなんて、覚えてもいないのだろう。

遅れてやってきた圭が、わたしを見て、驚！　という顔をした。

「ゆきなちゃん！　どうしたの⁉」

「圭、今日から、いろいろ教えてね」

「うん、もちろんいいけど……」

「――んっ！」

ロードバイクでの十数キロの通学に加え、高負荷をかけてのエアロバイク漕ぎを、わたしは自分に課した。こんなはずじゃなかった、と思う。でも、やってやる！

「そう！　もう少し速く回せる？」

想像していた大学生活とは全然違ったけど、わたしは、漕ぐと決めたのだ。

どれだけ気合いを入れても、ペダルは果てしなく重かった。だけど必死で回した。このままじゃ脚だってどんどん太くなってしまうかもしれない。だけど、必死で漕ぎ続けた。

朝、ロードバイクにまたがると、脚が筋肉痛になっていることに気付いた。普通にしている分には、全然痛くないのに……。

「普段使うのとは違う筋肉だからさ、バイクを漕がないと、筋肉痛にも気付かないいんだよ」

「へえー」

ストレッチやマッサージの方法を、圭に習った。こうやって肉体と会話するようにして、ひとつひとつ階段を上るように、目標に近付いていく。

授業後のトレーニングルームには、必ずバカ坂場が先に陣取っていた。とても大学の授業に出ているようには思えなかった。

わたしが毎日ここに来ることを知っているくせに、バカモアイはこちらを完全に無視していた。図体《ずうたい》デカいくせに心せま！　と思う。でもわたしには、かえってその方が都合が良かった。

「最後まで踏み切っちゃだめだよ！」

圭は毎日、親身に教えてくれた。

ペダルを真下に踏み込むのではなく、前方斜め下方向へ押す。一時ぐらいの位置から力を出して、三時を過ぎたら脱力する。ペダルの引き上げは、膝《ひざ》を上げることを意識する。あとは同じリズムで漕《こ》ぐのが重要。

実は少し楽しくなってきたのだった。全然回らなかった高負荷のペダルが、少しずつ回るようになってくる。通学のときに風を切るスピードも、前とは全然違う。それに──、

最近、モアイがこっちを、ちらちらと見ていることにも気付いていた。何かアドバイスでもしたいのだろうか……。でも圭に聞くからいい、と、わたしは彼を完全無視する。

「飛ぶのってね、すごく楽しいんだよ」

一緒に昼食を取るとき、圭は人力飛行機の話をしてくれた。

「飛び立つ瞬間にね、ガタガタ鳴り響いていた車輪の振動が、ふっ、と消えるんだ。その瞬間、負荷の種類が変わるんだ」

その瞬間を想像するしかないわたしは、話に引き込まれながら頷《うなず》くだけだ。

「そのときの、言葉にならない快感。自分が飛んでるって、心からわかるんだ。気持ちいい、気持ちいい、って、体中が喜んでるのがわかるんだよ」

「……へえー」

「反対に、飛行機が落ちていくときはね、疲れがピークに達して何も考えていられない。でも何故か、脚だけは動き続けているんだ。それはもう、僕の意志というより、脚の意志なんだ。脚が、漕ぐのをやめないんだ」

圭の胸で輝く、天使の翼を象《かたど》ったペンダントを、わたしは見つめる。

「鳥人間コンテストっていう競技はね、どれだけ上手《うま》く飛んでも、どれだけの距離を飛んでも、必ず最後は墜《お》ちるんだよ。最後は必ず墜落するって、わかっている競技なんだ」

片道飛行、という言葉を、わたしは思う。必ず墜ちると知っているフライトに、パイロットはどんな気持ちで臨むのだろう。

「いつか墜ちるってわかってる。でもそれまでは、夢中で漕ぐんだ」

やがてわたしは、朝にもエアロバイクを漕ぐようになった。

どんなに早くトレーニングルームに行っても、必ず一足先に、坂場先輩がエアロバイクに陣取っていた。最初は舌打ちする気分だったけれど、だんだん気にならなくなってきた。この人を、ぎゃふん、と言わせることなんて、どうでもいいことのように思えた。こんな人のことなんて、もともと、どうだっていいのだ。

ペダルは踏むのではなくて回す——。

弁当を温めるにはまだ遠いけれど、かなり回すペダリングができるようになっていた。腿《もも》の筋肉だけでなく腹筋や背筋、お尻《しり》の筋肉を意識して、上下運動を回転力に変える。

どこにも辿《たど》り着かないエアロバイクを漕ぎながら、ときどき圭の言葉を思いだした。

〝いつか墜ちるってわかってる。でもそれまでは、夢中で漕ぐんだ。〟

わたしは人力飛行機に乗りたいんだろうか、と思う。自分がそれを望んでいるのか、いないのか、わからなかった。でもわたしは今、漕ぎ続けている。

ペダルを上手く回せるようになると、通学はさらに楽しくなった。それはやっぱり、とても嬉《うれ》しいことだ。

「じゃあ、ゆきなちゃん、そろそろビンディングペダルにしてみようか？」

「うん、する、する！」

圭と一緒に、ビンディングペダルとやらと専用靴を買いに行った。

今まではフラットペダルという、いわゆる普通のペダルで漕いでいた。ドロップハンドルやシフト操作に慣れるまでは、そのほうがいいということだったから。

ビンディングペダルを取り付けてみると、また一つ世界が変わった。専用靴の裏の金具を、かちっ、とペダルに固定する。そうすると、ペダルを踏む力に加えて、引く力も使える。今までよりも力強く、速く走れる。

靴とペダルを連結させると、ロードバイクと一体化した気分だった。漕いで回せば、今までよりも、もう一段階、風に近付けた気がする。

「鳥山ゆきなです！　頑張ってペダルを回します」

サークルの顔合わせ会で自己紹介をしたら、大教室が拍手に包まれた。パイロット班は普段、三人での活動になるけれど、制作チームは一〇〇人を超える大所帯だ。一回生も三〇人以上、入部したみたいだ。

こんな感じになるとは、考えてもいなかった。桜はとうに散り、芽生えの季節が始まっている。

気付けば大学に入って、一か月が経っていた。

phase2
ROAD to FLIGHT

「もちろんいいよー、大歓迎だよ」

日曜日、圭と坂場先輩が山へ走りに行くというので、付いていくことにした。坂場先輩には、圭が上手く伝えておいてくれるらしい。

朝、サイクルウェアを着て、ピンクのラインの入ったヘルメットを被《かぶ》った。あらよっ、と愛車にまたがり、張りきって出発する。春の陽気の中、ぬるい空気が気持ち良く後方へと流れていく。

待ち合わせ場所には、圭が先に着いていた。遠くわたしの姿を確認して、手を振ってくれている。到着したわたしは、かかとをくいっと捻《ひね》って、ペダルから靴を解除する。

「おはよー、ゆきなちゃん」

「おはよー」

わたしたちは、ぱちん、とハイタッチする。

「どう？　ビンディングの調子は」

「うん。すっかり慣れた感じ」

専用靴は裏に金具が付いているから、歩くとかちゃかちゃと音が鳴った。学校に着いたら靴を履き替えなきゃならないのが面倒だけれど、スピードも出るし、坂道を漕《こ》ぐのがずいぶん楽になった。

「これって凄《すご》いね！　もうフラペには戻れないよ」

偉そうなことをわたしが言うと、あははっ、という感じに圭は笑った。ちなみにフラペというのは、フラットペダルの略だ。

「転んだりはしてない？」

「うん、大丈夫だよ」

ビンディングペダルに変えると必ず一度はコケる、と言われたけれど、まだ一度もコケたことがないのが自慢だった。足とペダルが固定されているから、止まったりするときには、かかとを捻って金具を外さないといけない。慣れれば何ということはないけど、とっさのときにはまだ焦ったりする。

「あれ？　圭はフラペなの？」

見慣れないシューズを圭は履いていた。

「うん、今日はこれでいくよ」

「その荷物は？」

「ああ、これは体幹を鍛えようと思ってね」

白いヘルメットを被って、何やら重そうな荷物を背負った圭は、にっこりと笑う。

「あ、」

顔を捻った圭の視線の先に、坂場先輩が見えた。こんなに離れているのに、デカい人だとわかる。ぐんぐん近付いてきた黒いウェアが、わたしたちの前で急停止する。先輩はいきなり、ぎょっ、とした顔でわたしのピンクの愛車を見た。そのあとで、何故だか、にやり、と一人で笑った。

「最初は五〇分走って、一〇分休む。行くぞ！」

坂場先輩は、ほとんどわたしを見ずに言った。

「はい！」

圭と声を合わせて返事をして、坂場先輩の足元を見つめた。圭と同じくフラットペダルだ。わたしは、かちり、と自分の靴をペダルにジョイントさせる。

黒、白、ピンク、と、わたしたちは一列に並んで出発した。スピードがぐんぐん上がっていったけれど、何とか付いていくことはできる。

圭も坂場先輩も今日はフラットペダルで、しかも背中に荷物を背負っていた。もしかして、わたしにペースを合わせるために、そうしてくれたのだろうか……。

だけど、そんなことを考えている余裕は全くなかった。圭の背中を見ながら、自分のペダルの回転に集中した。踏むのではなく、回す。力を無駄なく回転に変える。踏むのではなく、回す——。

　快調に付いていけたのは二〇分か三〇分くらいだった。山道に入ると、ところどころで置いていかれそうになった。ギアを一つ二つと落とし、わたしは必死でペダルを回す。

「諦《あきら》めるな！　諦めるな！」

　サークル勧誘のときに観たビデオの人のように、わたしは声に出していた。今を乗り越えるために！　諦めるな！　諦めるな！

　だけど実際の山道は、エアロバイクを漕ぐのとは勝手が違った。回転させるのが大事だとわかっていても、必死に踏んでいるだけのような気がする。道の起伏によって力の加減も必要なんだけど、全然上手《うま》くいかない。

　あー、もう！　自分のイメージどおりに自転車が進んでくれなかった。心臓が悲鳴をあげ、脚に力が入らなくなる。少しずつ遠くなっていく圭の背中に、必死に追いつこうとする。

　諦めたくない。まだ、諦めたくない。もっと付いていきたい。まだ諦めたくない！

　だけど、それは一瞬のできごとだった。気を緩めた、ほんの一瞬のことだった。

　痛っ‼　突然、右脚が引きちぎられたように痛んだ。猛烈に痛くて、あたたたたた、と変な声を出しながら、ペダルから靴を解除する。い、痛い‼　左足を地面に下ろした瞬間、今度は左のふくらはぎが猛烈に痛んだ。

そのまま倒れ落ちるような感じになったわたしは、引きちぎられるような二つの痛みに耐えていた。がりがりがり、とヘルメットが地面の小石と擦《こす》れる。

「ゆきなちゃん！　大丈夫⁉」

自転車を降りた圭が、わたしのもとに駆け寄ってくれた。

「どっち？　右脚？」

「……両方……あっ、痛い！」

つってしまったわたしの右脚を、圭は伸ばしてくれた。あたったたた、った、と、また変な声が出てしまう。今度は左脚も伸ばしてくれる。

りょ、両脚がつるって、一体！

「ゆっくり膝《ひざ》を伸ばして、体を起こして」

落ち着いた声を出しながら、圭はわたしの靴を脱がせた。それから脚をマッサージしてくれた。

「い、痛い」

泣きそうなくらいふくらはぎが痛くて、悶絶《もんぜつ》しそうになる。心臓も呼吸も苦しい。

「大丈夫、リラックスして」

はあ、はあ、と、荒い息が止まらなかった。上半身から汗が噴きだしている。

「ごめん、圭」

「ううん。よくあることだし、初めてなんだからしかたないよ」

圭のマッサージのおかげで少しずつ筋肉がほぐれ、痛みが和らいでいく。

「まだ両方、痛む？」

「左は……大丈夫かも」

「うん、わかった」

マッサージを続けながら、圭はゆったりとした口調で話した。

「あのね、両方の脚をつるってのはね、いいことなんだ。……片方だけってことだとね、どっちかを使いすぎか、またはどっちかの筋力不足ってことだから」

圭の向こうに、倒れたわたしのバイクが見えた。

「ゆきなちゃんが、今まで頑張ったってことだよ」

さっきに比べれば、痛みはずいぶん治まっていた。呼吸も少しずつ楽になっていく。

「最初から左右のバランス良く漕げてるのって、すごく珍しいし」

どれくらい山を上ってきたのだろう、と思う。汗だくの上半身に、涼しい山の風を感じる。けけけけ、と山の鳥が鳴いている。

「……あ、」

と、圭が小さく声を出した。目線の動きで何となくわかった。坂場先輩がこっちに向かってきているようだ。

「先輩、どこまで行ってたんだろ？」

やがて空気を切り裂く音とともに、背後で自転車が止まった。はあ、はあ、はあ、と、先輩の荒い息づかいが聞こえてくる。

「……どうするんだ？」

低い声が聞こえた。振り向こうとしたのだけど、体勢がきついのもあって、俯《うつむ》くような感じになってしまう。

「続けるか？　それとも、もう帰るか？」

「ちょっと待ってください、先輩」

答えられないわたしの代わりに、圭がマッサージを続けながら言った。

「いや、」

後頭部に坂場先輩の強い視線を感じた。

「お前が決めろよ。どうするんだ？　続けるか？　お前が決めろよ。

脚の痛みは、ほとんどなくなっていた。続けるか？」

だけどこのまま走りだしたとしても、二人に付いていくことはできなかった。これ以上、二人に付いていくことはできない——。

充分に頑張った、と思った。今日だって頑張ったし、今までだっていっぱい頑張った。もう限界だ。目標の半分にも満たない地点だったけれど、これがわたしの限界だ。

「……いえ、」

と、わたしは答えた。

「先に行ってください、すいません」

「そうか」

はあ、はあ、はあ、という呼吸音を縫うように、坂場先輩は声を出した。

「行くぞ、圭」

「いや、でも……」

先輩が自転車の向きを反転させたのがわかった。

「いいの、行って。わたしは大丈夫。もう痛くないし、一人で帰れるから」

「え、でも……」

「ううん、大丈夫だから」

それから何度も、本当に大丈夫かと訊《き》かれ、その度に、大丈夫、と頷《うなず》いた。

ちら、と振り返ると、坂場先輩はもう発車していた。圭は坂場先輩の背中を見て、わたしを見て、それを何度か繰り返し、ようやく自分のバイクにまたがった。

「ゆきなちゃん、何かあったら、すぐケータイに連絡してね」

「うん、わかった」

遠くなった坂場先輩の背中を目指し、圭はバイクを漕《こ》ぎだした。少しずつ圭も遠ざかっていく。ずいぶん進んでから、一度だけ振り返った。

——気を付けてね！　ゆきなちゃん！

遠い声が聞こえた。わたしは声を出す代わりに、大きく手を上げた。坂場先輩の後ろ姿は、もうここからは見えない。

やがて圭の後ろ姿も、わたしの視界から完全に消えた。山道に一人、わたしは取り残される。

何メートル、この山を上ったんだろう……。

五月の風が吹いていた。もう脚は痛くなかったし、呼吸も苦しくなかった。漕ぎ続けた余韻が、微熱のようにわたしを取り巻いていた。

まだ上り始めたばかりなのに。わたしはまだ、上り始めたばかりなのに——。

もっと走りたかった。もっともっと、あの二人に付いていきたかった。情けなくて、悔しくて、気付いたら涙が出ていた。声が出るのを抑えられなかった。

こんなのはいつ以来なんだろう、と思う。高校生や中学生のとき、あったかもしれないけど、なかったかもしれない。ぽたぽたと涙がこぼれた。

山道で一人、ううあああん、とわたしは大声をあげて泣いていた。

翌日、久しぶりに電車で通学した。

昨夜なかなか寝付けなくてかなり寝坊してしまったので、もう二限が終わりそうな時間だった。だから学校に着くなり、学食に向かった。

「カツカレーください」

ここのところずっと、圭の真似をして豆腐やささみばかり食べていた。でも、今日からわたしは、普通の女の子に戻るんだ。エンジョイ&ラブリィにキャンパスライフを送るんだ。

窓際の席で一人、わたしはスプーンを握った。スイート&フレッシュな女の子がカツカレーでいいのかどうかはともかく、気合いを入れたいときはカツカレーに限った。さらに中濃ソースもかけてみる。昨日までぱらぱらと塩を振っていたけど、そういうのももう終わりだ。

だけどカツカレーはやけに胃に重たかった。昨日までシンプルなものばかり食べていたからだろうか……。それにわたしは一体、何に気合いを入れようとしているんだろう……。

「ゆきなちゃん、発見！」

窓越しの声に顔を上げると、圭が笑っていた。ああ、とわたしも右手を上げて、曖《あい》昧《まい》に笑う。少し後ろめたい気分で。

窓から消えた圭は、やがてトレーにいつものメニューを載せて、わたしのテーブルにやってきた。こんな上手《うま》いタイミングで会うなんて、もしかして探してくれていたのだろうか……。

「ゆきなちゃん、もしかして、サークルやめようって思ってる？」

前の席についた圭に、軽い調子で訊かれた。いきなりの図星だった。でも、昨日のアレで、今日のカツカレーなわけだから、そう思われて当然かもしれない。

「うん、まだ決めたわけじゃないけど」

圭の目が見られなかった。

「でも、やっぱりわたしには無理かなって。もともとそんなに乗り気じゃなかったし」

半分以上残ったカツカレーに目をやりながら、わたしはひと息で言った。

「……そっか」

圭はしばらく黙った。何もかかっていない白いスパゲティを、くる、くる、くる、とフォークに巻く。

「あのね、ゆきなちゃん」

やがて圭が口を開いた。圭はじっとこっちを見ている。

「坂場先輩も、一度、バイクを完全に降りてたことがあるんだよ。僕が頼んでも、絶対にパイロットをやろうとしてくれなかった」

意外だった。わたしはペダルを漕ぐあの人しか、見たことがなかったから。

「去年の夏、僕は先輩と初めて会ったんだ」

それから圭は、長い話を始めた。


まじでか……。

伝説のその男のことを聞いたとき、圭は震えるような気分だったらしい。

昨年の鳥人間コンテスト、圭は2ndパイロットとして、フライトに臨んだ。2ndパイロットとは、機体を操縦しながら漕ぐ1stパイロットの後ろで、ただひたすらペダルを漕ぐ役だ。

琵琶湖のプラットホームから飛び立った前代機『ターミガン（雷鳥）』は、圭の奮闘もあって『三キロ超え』を果たした。T.S.L.の記録を更新したし、二人乗り機体でそんなに飛んだのは史上初のことらしい。

だけど圭はその数字に全然、納得していなかった。自分たちはもっと飛べる。五キロだって一〇キロだって飛べるし、優勝だって狙えるはずだ。

一人乗り機体を駆る他大学は、とうに『一〇キロ超え』を達成していた。琵琶湖の対岸まで飛んだ機体もある。大会で唯一、二人乗り機体で参戦するT．S．L．だったが、飛距離では良くても四位、五位のあたりが定位置になっていた。

二人乗り機体には可能性がある、と、先輩たちには聞かされてきた。二人で漕ぐわけだから、一人乗りに比べて出力は単純に二倍になる。そして機体の重量を二倍より軽くする。単純な話だ。

だがもちろん、そんなに上手くはいかないらしい。駆動系統のロスによって、出力二倍とはいかない。機体の重量も二倍を超えてしまっている。他大学の機体も、日々、進化を続けている。

だけど少なくとも、圭にはできることがあった。パイロットの進化は自分次第だ。

ともかくはパワーだ、と、エンジンの半分である圭は思った。自分は軽量なのはいいが、パワーが不足している。もっとパワーが欲しい。全米を震撼《しんかん》させるような超獣パワーが！　バスを三台引っ張るくらいの、グレートでアントニオなパワーが欲しい！

しかし翌年に向けて、大きな問題があった。圭が飛んだ年の1stパイロットは、当時四回生だったので引退となる。現役のパイロットは圭唯《ただ》一人だ。この工業大学では、部員はほとんどメカニックをやりたがる。

同じケースは、これまでにも何度かあったらしい。その場合は部員の中でオーディションをするか、自転車部からスカウトしたりするらしい。

そんなので今年の記録を超えることができるだろうか、と、圭は不安だった。何だか頼りなさそうだけど妙に人望のあるメガネの新部長から、レジェンドの存在を耳にするまでは。

「坂場っていうのが、一応、いるにはいるんだけどね」

部長を任命されたばかりの男は、右手の中指で、メガネのブリッジをくいっと上げた。部室にいたのは新部長と圭と、ペラ夫さんと呼ばれるプロペラトークばかりする怪しげなOBだった。

「おれの同級生で、本当は責任感が強いやつなんだけど、だけどその責任感が災いしちゃってな。もう、ずっとサークルに顔を見せてないんだ。今はもう自転車は降りちゃったらしいけど……」

新部長の言葉に、ふんふん、ほほう、と圭は頷《うなず》く。

「あいつは飛行機に乗るには、ちょっと体重が重いんだけど、その代わり脚力はもの凄《すご》いんだ」

何、と圭は思った。体重は重いけど、脚力はもの凄い……⁉

「その人って、どうして今、サークルに来ていないんですか？」

「ああ、」

新しい部長はメガネをきらーん、と光らせた後、遠い目をした。

「なかなか難しいやつでなあ。あいつ……、そんなに責任を感じることはないんだけど……」

「彼は〝不運《ハードラック》〟と踊ってしまったんだ」

突然語りだしたペラ夫さんに、圭は驚いて振り返った。

「でも僕は今でも信じてる。彼こそが、〝T．S．L．史上最強〟の〝エンジン〟だったって」

「……⁉」

「彼が自転車で公道を〝疾走《はし》〟るのを見たとき、僕は思ったよ。〝悪魔の鉄槌《ルシファーズ・ハンマー》〟だって。デイトナ・ビーチのバトル・オブ・ツインを駆け抜ける、ハーレーダビッドソンXR750、ツーリスト・トロフィ。だけどレースは市販車をベースにしなきゃならなかった。そこでホモロゲーションとして市販されたのが幻のXR1000、世界に千台しかない限定モデルだ」

「ちょっとペラ夫さんが何言ってるのかわかんないですけど、でも部長！」

圭は興奮していた。

「そんなグレートな人がいることを、なんで早く教えてくれなかったんですか！」

〝T.S.L.史上最強〟の〝エンジン〟。

自分はまだまだ非力だが、体重が軽い分、パートナーの重量だったらカバーすることができる。小柄だが非力な自分と、大柄でパワフルな彼は、コンビを組むとしたら最適な〝解〟となる。エンジンの重量は二人分で、出力は二・五人分を狙えるじゃないか！

「部長！　そのルシファーズ・ハンマーっていう先輩ってのは、今どこにいるんですか！」

「……うーん、」

新部長は苦渋に満ちた顔をした。

「どこにいるかわからないし、それにあいつは難しいと思うよ。性格がアレだしなあ」

ぶつぶつぶつ、と、さらに新部長は独り言をつぶやいた。けどまあ、圭ってストレートで全然物怖《ものお》じしないし猛獣使いみたいなところがあるから、ああいうやつには案外合うかもなあ、とか何とかかんとか。

「圭くん」

ペラ夫さんが、まっすぐに圭を見た。

「駅裏の居酒屋、『風林火山《ふうりんかざん》』で、読書しながら酒を飲んでる大男がいたら、それが坂場くんだ」

「……!?」

ぶつぶつぶつ、と部長はまだ何かを言っていた。だけど圭の腹はもう決まっていた。

その日の晩、彼は早速『風林火山』へ向かうことになる。

だけど居酒屋で一人で読書しながら酒を飲んでる〝T.S.L.史上最強〟の〝エンジン〟って……そんな人が本当にこの世にいるんだろうか……。

都市伝説みたいなペラ夫さんの言説に半信半疑のまま、圭は『風林火山』の暖簾《のれん》をくぐった。

そんなに広い居酒屋ではなかった。仕事帰りの会社員や学生で、店内はごった返している。やっぱりそんな読書してる大男なんていないよな、と思った瞬間、
動かざること山の如《ごと》し——。

一発でわかってしまった。壁際の二人用のテーブルで、大男が不動の存在感を放っていた。都市伝説のとおり、右手にジョッキ、左手に文庫本だ。

「あの……坂場先輩ですよね。坂場大志《たいし》さん」

おそるおそる近付いて確認すると、男はねとりとした視線で圭の顔を睨《ね》め回した。

「そうだが？」

「えっと……、突然で驚くかもですが、聞いてください。あのですね――」

圭は事の経緯を一気に話した。

「――というわけで、飛びましょう。一緒に」

まずは直球をど真ん中に投げた。

「断る」

投げられたボールに目もくれない感じだった。男は文庫本を閉じ、ビールを飲み干す。

「大将、ごちそうさま！」

啞然《あぜん》とする圭に見向きもせず、〝T.S.L.史上最強〟の〝エンジン〟は『風林火山』を出ていってしまった。

翌日、圭は再び『風林火山』に向かった。

「先輩！　今年のT.S.L.のフ――」

「読み終わるまで待て」

坂場先輩は圭を見もしなかった。

ジョッキのビールが減るのと、本の残りページが減っていくのを見つめながら、圭はちびちびウーロン茶を飲む。だけど先輩が本を読み終える前に、『風林火山』は閉店の時間を迎えてしまった。

翌々日も同じように、二人は向かい合った。

「先輩、今年のT.S.L.のフラ――」

「読み終わるまで待て」

だけど本の残りページは少なくなっていた。圭は緑茶をちびちび飲みながら、じっとそのときを待ち続けた。あと数ページ……。あと一ページ……。

「先輩は毎日、ここに来てるんですか？　普段何してるんですか？」

最後のページが送られた瞬間、圭は素早く訊《き》いた。

「……ん、ああ」

本を閉じた坂場先輩は、それをカバンにしまいながら言った。

「ときどきバイトして、まれに学校行って、だいたい毎日ここに来て、それが今のおれの全てだな」

先輩は新たに取り出した本を開いた。さっきと同じような、紙のカバーがかかった文庫本だ。

「先輩！　今年のT．S．L．のフライ――」

「読み終わるまで待て」

　こうなったら何日でもここに通うつもりだった。その翌日もその翌々日も、圭はテーブルの前でそのときを待ち続けた。ぺらり、ぺらり、と文庫本の残りページは順調に減るのだが、ゼロになると新たな本が出てくる。

『風林火山』に通い始めて七日目、二杯目のビールが半分になる頃だった。坂場先輩は静かに本を閉じ、ふう、と息を吐いた。

「……シリーズ、完結だ」

　先輩は目を閉じ、また大きく息を吐いた。ビールを一口飲んで、美味《うま》い、と呟《つぶや》く。

「ラストが良かった……。感動だ。ずっと一緒にいる……それが二人の大切な約束だったんだな。幼い頃に交わした、遠い約束が……最後に力になったんだなぁ……」

　先輩は何かのシリーズ本を読んでいたようだった。でもそれはついに完結したのだ。

　感動にひたる先輩を見ながら、ついにそのときが来た、と圭は思う。

「先輩、今年のT．S．L．のフライト、見てくれましたか？」

「ああ、テレビで見たよ」

　この返事を聞くのに、一週間かかってしまった。だけどその返事に、やっぱりこの人はまだ自分たちの仲間なんだ、とわかった。

「あの2ndは僕なんです」

「そうか、よく飛んだな。新記録だろ？」

ええ、と圭は頷《うなず》く。

「1stは確か、栗原さんだったよな？」

「はい、そうです」

沈黙の七日間を経て、会話は意外に弾んだ。シリーズ完結の余韻が、この人をいい気分にさせていたのかもしれない。

「坂場先輩、バイクはもう乗ってないんですか？　運動って何かしてます？」

「バイクはもう降りたよ。筋トレは癖で続けているけど、あとは引っ越しバイトで体使うくらいだな。暴飲暴食しながら、めちゃくちゃに体鍛えてるだけだ」

「そうですか。先輩、僕と一緒に飛びましょう。僕と先輩なら、絶対、もっとずっと飛べます！」

「あ？」

だけど坂場先輩は急に大声を出した。

「お前、〝絶対〟ってなんだよ」

先輩はもの凄《すご》い勢いで、圭の顔を睨《にら》んだ。

「そんなのわかるわけねえだろ？　どんだけ練習してもな、どんだけ機体が仕上がってもな、飛べねえときは飛べねえんだよ」

ぐびぐびぐび、と坂場先輩はビールを飲み、がん、とジョッキを置いた。

「なんにしろ、おれは、もう飛ばないって決めたんだ。わかったらもう、帰れ」

「お願いします！　飛びましょう」

「断る。とっとと帰れ！」

「帰りません！　お願いします」

「飛ばねえって言ってんだろうがよ！」

大声を出す坂場先輩から、圭は目を逸《そ》らさなかった。一週間この人のことを見続けて、この人のことがわかると思った。この人は何かを待っている。この居酒屋で一人……本を読みながら……固い扉をこじ開ける誰かを待ち続けている……と、何故だかそんなふうに感じたのだ。

「すいません！　ウーロン茶ください！　あと、冷や奴《やっこ》」

圭は厨房《ちゅうぼう》に向かって叫んだ。あいよー、と、声が返ってくる。

「先輩、ところで、こんなところで何読んでるんですか？」

「何がだよ？　いいだろうがよ」

急にごにょごにょした感じになった坂場先輩は、置きっぱなしになっていた本を隠そうとした。紙のカバーがかかったその本を素早く奪い、中の表紙を見ると、『お兄ちゃんとずっと一緒にいるって決めたのっ！　8』と書いてある。何やら可愛らしい絵がついている。

　この人はずっと自分の前で、この本を読んでいたのだろうか。しかも八巻まで……。

「見るんじゃねえよ！」

　坂場先輩は、枝豆のさやを投げつけてきた。さやは圭の顔面に当たり、ぽとり、とテーブルの上に落ちる。

「先輩、」

　と、圭は言った。

「先輩の見てはいけないものを見てしまったことは謝ります」

　うるせえよ、と坂場先輩は唸《うな》った。また枝豆のさやが飛んでくる。

「けど、お前……、古沢には言うなよ」

　古沢というのは、メガネの新部長のことだ。

「まあ部長に言うか言わないかはともかく、そんなことより先輩、本当は飛びたいって思ってるんでしょ？」

「思ってねえよ！」

　枝豆のさやを顔面で受けながら、圭は坂場先輩から目を離さなかった。OKをもらうまで、絶対に引き下がるつもりはなかった。五、六発ぶんなぐられても、引き受けてくれるならそれでよかった。

「先輩とずっと一緒にいるって決めたのっ！　いや、決めたんです！」

「何言ってんだ、お前は！」

自分とこの人が組めば、そのときこそ本当に、〝最強〟のエンジンが組み上がる。悪魔の鉄槌《ルシファーズ・ハンマー》と天使の翼《エンジェル・ウィング》が組めば、もっともっと飛べる。二人乗り人力飛行機は、常識を超えて飛ぶことができる。

お願いします！　断る！　お願いします！　断る！　おね――わる！　おねわるっ！

オネワル問答はしばらく続き、いくつもの枝豆のさやが圭の顔に当たった。

だめだ、そんなもんじゃだめだ、もっともっと懇願してこい、おれのことがどうしても必要だと言え！　そんなふうに彼が感じていると圭は信じていた。先輩は誰かがその扉をこじ開けるのを待っている。帰れ！　と言いながら、先輩は自分のような存在を必要としている。

「飛びましょう！」

「嫌だ！」

「嫌なのはわかりました。でも、先輩の力が必要なんです！」

「知らねえよ！」

どなりすぎたのか、坂場先輩の息づかいが、はあ、はあ、と荒くなっていた。

「先輩、」

と、圭は言った。

「これぐらいではあはあ言って、バイクを降りて、ずいぶん太っちゃったんじゃないですか?」

「……」

「飛ばない先輩は、ただのブタですよ」

坂場先輩は、くわっ、と目を見開いた。それから、さやを投げようとして、でもそれがもう無いことに気付いて、右手をぷらーんと宙に浮かした。そのままビールを飲もうとしてジョッキに手をやり、それも空になっていることに気付いて、どん、とテーブルを叩《たた》いた。しばらくしてまた、どん、どん、どん、と両手でテーブルを叩いた。

「……お前……ひどい」

坂場先輩は目を伏せた。

「それはひどいよ……それだけは……、それだけは言っちゃだ……それだけは言っちゃだめだろ。ひどいよ」

何故かはわからないけれど、それだけは言われたくなかったようだ。

「それを……お前……それを言われたら……もうさ」

テーブルに拳《こぶし》を押しつけたまま、坂場先輩はじっと下を向き続けた。ずいぶん遅れて届いた圭のウーロン茶と冷や奴が、静かにテーブルに置かれる。

ぶつぶつぶつぶつ、と呪詛《じゅそ》のようなものが聞こえてきた。

――もう飛ばないと決めたって一度でも飛んだ人間に飛びたくないやつなんているわけねえがぶつぶつぶつが飛べねえもんは飛べねえ架空の妹にお兄ちゃん飛んでって頼まれてもおれは空に愛されてねえと答えるしかねえしおれは空に嫌われたんだからぶつぶつぶつどうしてお兄ちゃんお兄ちゃんが今でも毎日体を鍛えてるのわたし知ってるんだからって言われてもたった一度のフライトが自分のせいで失敗に終わっちまって全員の思いを自分のミスで失ってその人間の気持ちがわかるかぶつぶつぶつぶつでもこう頼まれたらどうするこう頼まれたらどうするお兄ちゃんが飛ぶならわたしも手術を受けられるって言われたらどうするさあどうするわかったって言うしかないそれだったら飛ぶしかないぶつぶつぶつそのときおれは言うだろう飛んでやる飛ばないブタはただのブタだからなっておれは言うそれ以外の台詞《せりふ》はいらねえしそれ以上の台詞もねえ自分で言うのがいい自分で言うのがいい他人から言われたくねえぞそれだけは言われたくねえそれだけはそれだけは言われたくねえぞ言われたらしまいだぞぶつぶつぶつぶつぶつぶつぶつぶつ――。

呪詛を聞きながら、圭は塩を振った冷や奴を食べた。うん、美味《おい》しい。

圭には食べ物の好き嫌いはなかったけど、今年の鳥人間コンテストの前日、琵琶湖で薦められた「鮒鮨《ふなずし》」だけは食べられなかった。あれはない。栗原先輩は美味しいと言っていたけれど、全く信じられなかった。坂場先輩は鮒鮨……。あれ？　坂場先輩って、鮒鮨を食べられるだろうか？　もし二人とも食べられないなら……、あれ？

それを訊《き》こうとしたとき、呪詛はもう終了していた。気付けば坂場先輩は、無言で俯《うつむ》いている。

徐《しず》かなること林の如《ごと》し——。

「先輩？」

話しかけると、坂場先輩は、ゆっくりと顔を上げた。だけどその視線はこっちを向かなかった。厨房を見やった坂場先輩は、それからとてつもない大声を出した。

「大将ー！　生ビール三つ！」

あいよー、と奥から声が聞こえた。三つ？　と圭は思う。自分のビールをいっぺんに三つ頼む人なんて、見たことも聞いたこともなかった。

「おい、」

と、坂場先輩は言った。

「それを言われたら、もう飛ぶしかねえ。飛んでやるよ」

「ホントですか⁉」

「ああ。ただし、一つ条件がある」

「何ですか？」

「お前が1stで、おれが2ndだ。フライトはお前が全責任を負え。おれは何も考えず、後ろで黙々と漕《こ》ぐだけだ。それでいいなら飛んでやる」

「はい！　それは、もともとそのつもりです！」

勢いよく答えるのと同時に、ビールが三つ届いた。坂場先輩はビールに手を伸ばし、ぐびぐびぐび、とやった。

「おい、お前、飛ぶぞ！」

ビールのジョッキを、彼は、だんっ、と置いた。

「はい！　飛びましょう！」

圭は嬉《うれ》しくて泣きそうな気分だった。

「あとな、去年かなり無理やり体を絞ってた分、実はおれ、今、結構太ってるぞ」

「見ればわかります先輩。次の夏までに落とせますか？」

「……あ、ああ、まあ、……何とかするよ」

「先輩！　飛びましょう！」

「おう！　その前におれは飲むぞ！」

気付いたら既に一つのジョッキが空になっていた。

「明日《あした》から減量だから、飲めるのは今日が最後だな」

彼はそれから、もの凄《すご》いピッチでジョッキを空にしていった。結局その夜、圭は先輩を下宿まで引きずって帰ることになった。


「へえー」

圭の熱い話を、わたしは黙って聞いていた。

話はずいぶん長かったから、昼休みはとっくに終わってしまっていた。学食に残っているのはわたしと圭くらいだ。

その夜以来、坂場先輩は、アルコールを一滴も飲んでいないらしい。

毎日、厳しいトレーニングを自分自身に課し、体重はまだオーバーしているものの、パワーはかつて全盛期のそれを、既に超えているらしい。

出会ってから、いい印象のなかった坂場先輩だけど、ストイックに練習に取り組んでいることは、見ていればわかった。だからこそ自分みたいな中途半端な者に、厳しく当たるんだろうな、ということもわかっていた。

圭も坂場先輩も熱くて真剣なんだな、と思う。だったらやっぱり、わたしには無理、とも思う。

「ねえ、どうして、そんなに一生懸命になれるの？」

学食を出る前に、圭に訊いた。

「簡単だよ」

圭は爽《さわ》やかな笑顔で前を向く。

「飛びたいからだよ。僕たちは飛びたいんだ」

圭の胸元で、翼を象《かたど》ったペンダントが揺れていた。彼の熱くて真剣な思いを聞くと、でもだからこそ、中途半端な自分には続けられない気がする。

「ゆきなちゃん」

別れ際、圭は言った。

「やめるにしても、木曜のテストフライトにはおいでよ」

「……」

「一度だけでも、ゆきなちゃんに人力飛行機のフライトを見てほしいんだ」

「……うん」

がたたん、ごととん。

四限と五限の授業を終え、わたしは電車に乗った。窓から見える田園風景が、後ろに流れていく。でもここからは、風を感じることはできない。

今ごろあの二人はエアロバイクを漕いでいるのかな、と思う。

たった一回の本番のために、ひたすらバイクを漕いでいる二人のことを思うと、切なくなるような気分だった。

仮眠を終えたわたしは、ライトとともに闇を切り裂き、ペダルを漕いだ。自宅から三〇キロ、ちょっと前には考えられなかった長距離を、ピンクのロードバイクで走る。目指すのは荒川《あらかわ》の河川敷にある、ホンダエアポートだ。

早朝、日の出とともに、T.S.L.の新機体『アルバトロス（アホウドリ）』のテストフライトが始まる。圭と坂場先輩にとっては、実際に飛行機に乗り込んでペダルを漕ぐ、数少ないチャンスだ。

日の出とともに、というのがフライトには一番条件がいいらしかった。日が昇ると気温が上がり、気圧の高低差によって風が吹いてしまう。また滑走路が温まることで乱気流も起こる。午前九時にはセスナ機の発着が始まるため、それまでに撤収しないといけないらしい。

深夜三時、靄《もや》に包まれ、ロードバイクのライトの光が乱反射する。荒川が近い。遠く、二つのライトの光が見える。

「ゆきなちゃん！」

暗い荒川の河川敷に着くと、圭が嬉しそうに迎えてくれた。その向こうに坂場先輩もいる。二人とも着いたばかりだという。

制作チームの人たちは、昨夜のうちに大学でユニットを積み込み、日付が変わる前に学校を出発した。深夜の一時過ぎにここに着き、それから機体の組み上げを始め、今なお作業は続いている。彼らには当然、寝る時間なんてない。

「僕らは漕ぐのが仕事だから、付き合うわけにはいかないんだ」

と、圭は言った。体調を整え、一メートルでも長く飛ぶことでしか、パイロットがサークルに貢献できることはない。

去年の夏、つまり前回の大会が終わった直後から、『アルバトロス』の設計は始まった。プロペラ班、翼班、フェアリング班、電装班、フレーム（及び駆動システム）班と、各班それぞれが試行錯誤を重ねて形にしたプロトタイプが、今ここで初めて一つになる。

「そろそろかな」

まだ暗くてよくは見えないけれど、滑走路ではメカニックに囲まれたアルバトロスが、産声をあげようとしていた。圭と坂場先輩がストレッチを始める。

「ゆきな！　自転車で来たんだ！」

まだ暗い滑走路の脇で、和美と手を合わせた。和美のほか、作業を終えたメンバーたちが、集まってきていた。部員は全部で、七〇人くらいはいるだろうか。

「ミーティング、始めます！」

部長が声をあげた。きびきびと要点だけを確認するように、ミーティングは進んだ。機体と一緒に走る人の動きが何度か確認される。

「よし！　じゃあ、テストフライトの無事を祈って。いつものいきます」

輪になった部員たちが、腕を前に伸ばした。

「T．S．L、スカーーイ」

「ハイっ！」

全員で声を合わせ、人差し指を天にかざした。それから部員は、よしっ、とか、行くぞ、とか言いながら、それぞれの持ち場に散っていく。

「行きましょうか、先輩」

静かに圭が言った。

「ああ」

すたすたと歩きだした坂場先輩の後ろで、圭がわたしに、じゃあね、と手を上げた。

頑張ってね、と、わたしも右手を上げる。

メカニックの人たちに囲まれながら、二人は機体のほうに向かった。これから最終チェックや調整があって、『アルバトロス』のテストフライトが始まる。

部員にはそれぞれ役割があった。経験のない一回生は、いろんな角度からビデオを撮ったり、タイムや距離を測ったりする。わたしと和美は右横側からビデオを撮ることになった。

「凄《すご》いんだよー、アルバトロスって」

三脚とビデオの準備をしながら、和美が機体の話をしてくれた。アルバトロスはT.S.L.の歴史の中で、最も大きな機体になったらしい。二人乗りということもあって、鳥人間コンテストに出場するチームの中でもダントツの大きさらしい。

「ねえ、どうして、うちの機体だけ二人乗りなの？」

「あー、何か、初代機を設計した人がガンタンク好きだったから、らしいよ」

「ガンタンク？　何それ、二人乗りなの？」

「うん。ガンタンクには、ハヤトっていう小さいのと、リュウっていう大きいのが乗ってたんだって。知らないけど」

和美は棒読み気味に言った。誰かにそれを仕込まれて暗記させられた、という感じだ。偶然なのか何なのか、今年アルバトロスに乗り込む二人も、ハヤトとリュウって人みたいに、小さいのと大きいののコンビだ。

「二人乗りってのはね、初代機からずっと続く伝統らしいよ。そもそもT．S．L．の、スカイハイ・ラリアットって何か知ってる？」

「全然知らない」

「あのね、D《ディック》・マードックとA《アドリアン》・アドニス。かつてマディソン・スクエアガーデンを震撼《しんかん》させたニューヨーク・マンハッタンコンビっていう二人組の、合体空中技だって。知らないけど」

和美はさっきよりも棒読みで言った。きっと何度も何度も仕込まれたのだろう。

「初代機って、いつ頃の話なの？」

「一五年くらい前」

和美は説明してくれた。

「その頃ってもう、他大学のチームは、一〇キロのフライトを成功させてきてたんだって」

「へえー」

「そんな中、うちの二人乗りは、記録二メートルとか三メートルとか測定不能とかでね。二人乗りってお前ら（笑）とか、奇抜すぎるだろ（笑）って感じで、飛ぶわけないって思われてたんだって。でも毎年少しずつ記録が伸びて、今では入賞するようになったの。去年は三キロ飛んだし。世界でもうちだけだと思うよ、二人乗りなんて」

「えー、そうなんだ」

全然知らなかった。今までぼんやり捉《とら》えていただけだったけど、確かに二人で乗れる人力飛行機ってのは画期的だし、凄いことかもしれない。

夢とロマンの機体なんだよー、と和美は続ける。

出力は二倍で、重量は二倍以下にする。でもそんなに上手《うま》くはいかない。二人乗りならではの問題は他にも山積みだけど、T.S.L.は一つ一つそれをクリアしていった。

人力飛行機は一人で黙々と漕《こ》ぐイメージだけど、二人なら励まし合い、補い合える。一人で飛べば楽しいけれど、二人で飛べばもっと楽しい。二人なら、もっと遠くまで行ける。

いつか一人では辿《たど》り着けなかった場所に、到達できるかもしれない。

「そもそも実際に飛んじゃうものを作るって、凄いことだと思うんだよね」

ガンタンクや合体空中技の話をしていたときより、和美はいきいきと語った。

機体は軽量化したいけど、剛性も高めなきゃならなくて、簡単にいうと、壊れそうだけどぎりぎり壊れないってあたりを狙うらしい。例えばコックピットを包むフェアリングは頑丈に作らなければならないけど、飛び終えて着水するときには、きっちり壊れなきゃならない。そうでないとパイロットが脱出できないから。

つまり、脱出用のドアとか、そういう無駄な機能は一切省いて、人力飛行機は空を目指す。

機体の制作は、設計が一番のキモで、半年くらいかかるらしかった。それから本格的な制作に入るのだが、最近ではずっと学校に泊まり込んでいる人がいるらしい。プロペラ班の和美も、最近はずっとガレージで風の計測ばかりしているらしい。

「くたくただけどね、でも楽しいよ」

みんな凄いな、と思った。

わたしは中途半端だった。好きになるきっかけがあって、それを握りしめようと手を伸ばし、でも諦《あきら》めるきっかけのほうを、別の手が握りしめてしまう。もしかしたら今のわたしには、アルバトロスのフライトを眺める資格はないのかもしれない。

わたしの本当にしたいことって何なんだろう……。わたしもいつか、自分の情熱を握りしめることができるんだろうか……。

「わたし、自分のしたいことがわからないんだ。和美がうらやましいな」

「え？」

和美は驚いた顔でわたしを見た。

「いやー、でもわたしだって、プロペラ作るのを心から楽しんでるわけじゃないよ」

「そうなの？」

「んー、楽しいって言えば楽しいけど……、でもデータ取ってばっかりだし……、眠たいときも面倒くさいときもあるし、気分が乗らないときもあるし、んー」

和美は首を捻《ひね》りながら、言葉を探している。

「でも、やりたいことなんて、最初はないんじゃないかな。そういうのって後からわかると思うの。きっかけなんて縁だし。楽しそうって思ったら、好奇心に乗っかってやってみるだけだよ」

「……好奇心……か」

「でもそれで、楽しいことや嬉《うれ》しいことがあったり、感動したり感激したりしたら、今までの自分はこのときのためにあったんだな、って思うよ」

「へえー」

今までの自分は、このときのためにあったんだな――。

そんなふうに思えたら素敵だな、と思う。

「そろそろ日の出だね」

やがて朝日が私たちの影を伸ばした。朝靄《あさもや》が晴れ、巨大な朝焼けが東の空から広がっていく。明るくなるにつれ、広大な河川敷に伸びる滑走路がくっきりと見える。アルバトロスがついに、その全貌《ぜんぼう》を明らかにしていく。

朝日に照らされて影を伸ばす、T.S.L.史上最大の新機体、アルバトロス号――。

メカニックに支えられた、生まれたてのアルバトロス――。

「わたしも初めて見る。やっぱり感動だよ」

和美はもう涙ぐんでいた。制作に関わっていないわたしにも、その感動はよくわかる。

きれいだった。滑走路に降りたった鳥みたいなそれが、とてもきれいだった。


「始めるぞー」

五時二一分。部長からの合図があって、テスト走行が始まった。

「一本目、〝転がし〟行きまーす」

1stパイロットの圭《けい》の声が、無線のスピーカーから響く。

「ペラ回します！」

アルバトロスのプロペラがゆっくりと回り始めた。やがて前に進みだした飛行機に合わせ、併走者がゆっくりと走りだす。一本目は地面をゆっくりと〝転がす〟らしい。

五〇メートルくらい進むと、ピィィーと、笛が鳴った。アルバトロスは静かに速度を落としていく。

おおー、と安堵《あんど》の声がところどころであがり、それからしばらく機体のチェックやデータ取りが行われた。やがてまた、二本目、三本目、と〝転がし〟が行われる。

メンバーはそれぞれ、いろんな役割、いろんな立場でこのテストに挑んでいるはずだった。見せ物ではなく、制作過程での大切な試験飛行なのだ。

「五本目、〝滑走〟、行きます！」

アルバトロスはまだ飛ばなかった。今度は地面を六、七分の力で、〝滑走〟する。

飛びたい！

だけど地面を走るアルバトロスが、叫んでいるようにみえた。

巣から初めて出た鳥が、飛行へのあこがれをいっぱいに、地面を走っているようだった。アルバトロスは今にも地面を蹴《け》り上げて、大空に羽ばたいていきそうだ。

「……和美、凄《すご》いね」

みんなとは違う気持ちかもしれなかった。でもその姿の美しさはわたしにもわかった。この美しさが、みんなの思いや努力の結晶であることも。

「うん、凄い」

和美はまた目に涙をためていた。多分、和美だけじゃなく、機体の制作に携わった全てのメンバーが、アルバトロスの勇姿に感動しているのだろう。自分が必死にやってきたことが、一つの形になる感動は、どれほどのものだろう。

しかし、感動の沸点はまだこの先に待っていた。


「九本目、ジャンプ、行きます！」

最初のランから既に二時間、ついにアルバトロスが重力から解放される瞬間が来た。無線からは、圭と坂場先輩の荒い息づかいが聞こえる。二人は今、初めて全力で漕いでいる。今までとは違う軽やかな足取りで、アルバトロスが、滑走路を駆け抜けていく。それを支える併走者が、全力で走る。


——飛びたつ瞬間にね、車輪の振動が、ふっ、と消えるんだ。その瞬間、負荷の種類が変わるんだ。


圭の言ったとおりだった。見ているだけで伝わってきた。駆け抜けるアルバトロスが、ふわりとその身を宙に浮かしたとき、わたしにもその瞬間の感動が伝わってきた。

「おおおー！」

歓喜の声がホンダエアポートに響きわたる。

——そのときの、言葉にならない快感。自分が飛んでるって、心からわかるんだ。気持ちいい、気持ちいい、って、体中が喜んでるのがわかるんだよ。


圭の言葉を思いだしていた。見ているだけで、体が痺《しび》れるようだった。

だけど飛んだのはほんの一瞬だ。アルバトロスは数メートルの飛行の後、滑走路に降り立つ。ピィィィィィ、と笛が鳴り、巨鳥はゆっくりと速度を落としていく。

「……凄い」

拍手、握手、ハイタッチ、ガッツポーズ、握り拳《こぶし》。まだテストフライトの途中だから、メンバーは控えめに喜びを爆発させていた。わたしは感極まっている様子の和美の肩を抱いて、舞い降りたアルバトロスを胸いっぱいの気分で見守る。

「——ラスト十本目、ジャンプ、行きます！」

やがて最後のテストが始まった。プロペラが回り、機体は徐々に加速する。アルバトロスは再び、滑走路を駆け抜けていく。

「——九五回転！　あっ‼　ああ‼」

異変を察知したような圭の声が、無線から聞こえてきた。

次の瞬間には、もう明らかに機体の様子がおかしかった。アルバトロスは先ほどまでの走行とはうってかわり、わたしでもわかるほどに不安定な走りをしていた。

「ヤバイっ！　流れてる!!　止めろ！　止めろ！」

無線から絶叫が響いた。

「止めろー！」

部長の声が響いた。ジャンプしたように見えたアルバトロスが、左に傾きながら大きく旋回する。併走するメンバーが、旋回を止めようとする。

「ああああ――！」

断末魔みたいな声が、無線から聞こえた。がりがりがり、と地面を削る音や、ばきばきっ、と何かが折れる音がそれに被《かぶ》さる。

一瞬のできごとだった。アルバトロスは羽を射貫《いぬ》かれた鳥のごとく、地面に沈んでいった。


わたしと部長と坂場先輩は、大学から駅三つ離れたところにある総合病院にお見舞いにきていた。簡素なベッドの上で、圭の左足が完全に固定されている。

「痛む？　大丈夫？」

骨折も脱臼《だっきゅう》もしたことがないわたしには、その痛みがあまり想像できなかった。

「ああ、痛いよ……」

表情のない圭の顔を見るのは初めてだった。バカな質問をしてしまったと、わたしは思いきり反省した。

「圭、親には連絡したのか？」

話を逸《そ》らすように、部長が訊《き》いた。

「ええ、明日《あした》、見舞いに来てくれます」

「退院は？」

「二週間くらいで、できるって聞いてます」

圭の声からは何の感情も読み取れなかった。

今、キャンパスのガレージでは、アルバトロスの修復が急ピッチで進んでいた。だけどそれは決して特別なことではない。飛ぶ、壊れる、直す。また飛ぶ、また壊れる、また直す。それを繰り返すことで機体は完成度を高め、夏の本番に備えていく。

テストフライト失敗の代償は、アルバトロスの損傷ではなかった。

左足首脱臼骨折、全治三か月――。

本番に向けては、絶望的な状況だった。機体が横転したとき、１ｓｔパイロットの圭が、大怪我を負ってしまったのだ。

入院費は大丈夫か、とか、出なきゃいけない授業はないか、とか、部長がいろんな話を圭にふった。わたしも、買ってきてほしい本とか雑誌はない？　とかそういう話をした。

わたしたちはその話題を避けようとしていたのかもしれない。病院がもの凄く似合わない坂場先輩は、扉の側で手持ちぶさたにしている。

圭が本番には間に合わないのは明らかだった。これからパイロットをどうするのか、というのは、T.S.L.にとって切実な問題だった。

「部長」

やがて圭が震える声で言った。

「すいません……こんなことになって、すいません」

「いや、お前のせいじゃないよ。全然、お前のせいじゃないからな」

部長は落ち着いた声を出した。

「だから今は早く、怪我を治せよ」

「けど……これからまた、テストフライトだってあるのに」

「ああ、わかってる。だけど今、お前は何も心配するな。まずは治療に専念してくれよ」

すがるような表情で部長を見つめていた圭は、やがてベッド脇に置いてあった銀色のペンダントに目を移した。

「こんなことになってしまったけど」

圭は、ぽろり、と涙をこぼした。

「おれ……飛びたいです」

胸がぎゅうと締めつけられた。

「飛びたい」

「圭……」

わたしも泣きそうになってしまったけど、必死で堪《こら》えた。彼の思いや努力を知っていたから。わたしなんかが泣くのは、違うと思ったから。

「坂場先輩、」

圭は真剣な表情を、坂場先輩に向けた。

「先輩、おれの代わりに、１ｓｔパイロットとして飛んでください。おれ、２ｎｄとして、必ず復帰しますから」

「……ぁぁ」

肯定したのか何なのか、坂場先輩はこの病室に来て初めて、蚊の鳴くような声を出した。まっすぐ見つめる圭の視線をわかっているはずなのに、足元の床を眺め続けている。

圭は先輩から目を逸らし、わたしのほうを見た。

「ゆきなちゃん、それまでは先輩と一緒に飛んで」

「……え」

驚いてしまった。わたしが飛ぶ……。

だけどそんなことができるわけがなかった。根性も努力も足らない、ましてやこのサークルをやめようとしているわたしに、そんなことができるわけがなかった。

「それでないと僕は――」

「わかってるよ、圭」

まだ何かを言おうとしている圭を、部長が遮った。圭の頬を涙が伝っていた。

白い壁の病室の中、それぞれの問題を突きつけられて、わたしたちは立ち尽くしていた。


面会時間が終わり、わたしたちは病室を出た。階段をゆっくりと下り、玄関を出ると、外はもうすっかり暗くなっている。

帰りの電車の中、わたしたちはほとんど無言だった。街の明かりが車窓を流れていくのを、それぞれがぼんやりと眺める。病室の圭のことを思うと、胸が痛んだ。

「……なあ、坂場、」

吊《つ》り革に摑《つか》まった部長が口を開いた。

「あのな、つらいことだけど、これは今、はっきりさせておいたほうがいい」

坂場先輩は、無言のまま、窓の外を眺め続けている。

「圭は復帰するって言ってたけど、どう考えたって、今年のフライトには間に合わないだろう」

「……………」

「あいつのことは、おれがしっかりケアする。見舞いも毎日行くし」

がたたん、ごととん、と電車は進む。

「だからお前は、パイロットとして全力を尽くしてくれ」

「……ぁぁ」

坂場先輩は小さな声を出した。だけどそこには何の感情も籠《こ》もっていない。

駅に着くと、わたしたちは無言で電車を降り、改札を抜けた。部長は大学に戻るらしい。わたしと坂場先輩は、自転車置き場へと向かう。

「これからのこと、まずは、お前がしっかり考えてくれ」

向かう先が分かれるところで、部長が足を止めた。

「エンジンのことは、今はお前に一任するよ」

部長は坂場先輩の肩を、ぽん、と叩《たた》いた。

「おれは部長として、機体の修復と、圭のフォローに全力を尽くす。それがおれに今、できることだからな」

立ち尽くすわたしたちをよそに、部長は右手を上げて、そのまま大学のほうへ歩き始めてしまった。

やがてその後ろ姿は小さくなり、闇にまぎれるように消える。

「……あの、」

坂場先輩に話しかけたけど、返事はなかった。

帰宅を急ぐ人が、わたしたちをすり抜けていった。路面を照らす街灯の下で、坂場先輩はポケットに手を突っ込み、部長の消えた先を眺め続けていた。また誰かが、わたしたちをすり抜けていく。

困ってしまうじゃないか、と思った。突然、こんなに扱いづらい人と二人きりにされても、困ってしまうじゃないか……。

かあー、と遠くでカラスの鳴き声が聞こえた。かあー、とまたカラスは鳴く。

「お前、いくつだ？」

突然、坂場先輩が口を開いた。

「え？」

「歳だよ。何歳だ？」

「あ、はい。二十歳《はたち》です。四月生まれなもんで」

「……あれ、入るか？」

先輩が遠く指し示したのは、赤いちょうちんの看板だった。

「……いいすけど」

この先輩と話すことなんて今まであんまりなくて、変な丁寧語になっていた。

赤いちょうちんには『風林火山』と書いてあった。まさか自分が、その伝説の居酒屋に行くことになるとは、思ってもいなかった。

侵掠《しんりゃく》すること火の如《ごと》し、とわたしは思った。

ぐいぐいぐい、ともの凄《すご》い勢いで、坂場先輩はジョッキの生ビールを飲み干していく。

「大将、生ビール二つ！」

あいよー、と声が聞こえた。

わたしは自分のジョッキに、まだ口をつけていなかった。ということはこの人は、自分の分を二杯頼んだのだろうか……。

「先輩って、禁酒してたんすよね」

「ああ。飲むのは、八か月ぶりだな」

「……それって、大丈夫なんですか？」

「何が？」

「何がって……いろいろ」

せっかく夏に向けて禁酒してたのにいいのか、という意味と、久しぶりなのにそんなにぐびぐび飲んで大丈夫なのか、という意味の二つだった。

「いいんだよ」

どっちの意味かはわからないけれど、とにかく今日のこの人は、きっぱりと飲むつもりらしかった。手持ちぶさたなわたしたちは、ナンコツやポテトフライをぱくぱく食べ、牛スジをつまむ。

「ただまあ、久しぶりだから、酔っぱらっちまうかもしれねえけどな。……ほら、お前も飲めよ」

店に入るなり、生ビールを勝手に頼まれてしまったけれど、わたしはお酒なんてほとんど飲んだことがなかった。二十歳になったら飲もうと思っていたけれど、自転車を漕《こ》いでいたせいで、そういう機会からも遠ざかっていた。

「先輩。わたし、ビールなんて飲んだことないすよ」

「まあ、いいから飲んでみろよ」

わたしはおそるおそるジョッキを持ち上げ、口元に運んだ。そのままジョッキを傾け、ぐびぐびしゅわしゅわと喉《のど》に流し込んでみる。

「――先輩、美味《うま》いす！」

これはいい!! 全然知らなかったけれど、わたしとビールの相性は抜群だった。調子に乗って、一杯飲み干してしまう。

「お前……何なんだ……」

ちょうどそのとき先輩が頼んだ二杯のジョッキが届き、自然な感じで二人の前に一杯ずつ置かれた。

「で、どうするんだ？」

ぐびぐびぐび、と、先輩はビールを飲んだ。

「何がですか？」

わたしも、ぐびぐびぐび、とビールを飲む。

「お前、飛ぶつもりはあるのか？」

「え？ 先輩、マジで言ってるんすか？ わたしに飛べるわけないじゃないですか。だいたい先輩、女には無理だって言ってませんでしたっけ？」

嫌みたっぷりに言ってやった(ほほう、これが酔いってやつらしい)。バカな坂場先輩は困った顔をして、わたしを見つめている。

「……じゃあ、どうすりゃいいんだよ」

「わたしがパイロットをしたほうがいいんですか? 先輩はわたしにそれを頼むんですか?」

「おれは……お前に頼めた義理じゃねえ」

「そうですか」

ぐびぐびぐび、とビールを飲み、だん、とジョッキを置いた。

「まあ、先輩が考えてくださいよ。さっき一任されてましたよね」

「そんなこと言ったってよぉ」

先輩は弱々しい声を出した。

「……だいたい、あいつらはおれのことを信用しすぎなんだよ」

「あいつらって何ですか?」

「圭も、あのメガネもだよ。おれは、はっきり言って、もう逃げだしたいよ」

「はあ?」

ナニイッテンダ、コイツハ、と思う。

「そんだけ鍛えてれば、逃げ足はアレですか? 疾《はや》きこと風の如くですか?」

「……ああ。おれはそんなもんだよ」

嫌みを言っているのに、このバカは怒ることもできないようだった。わたしはビールを飲み、また追加を頼む。ナンコツをいくつか連続で口に放り込む。

「先輩、一緒に逃げてあげましょうか？」

「……え⁉　本当に？」

顔を上げた先輩が、本気でその案に飛びつきそうな表情をしていたので、わたしは盛大にため息をついた。

「本当なわけないじゃないすか。先輩って、しょうもないすね」

「……ああ、そうだな」

わたしたちはしばらく口をきかなかった。競うようにビールを飲み、また追加を頼んだ。枝豆をぱくつき、唐揚げも頼む。

「ところで先輩は、どこも怪我しなかったんですか？」

「ああ……肘《ひじ》とスネを擦りむいた。オキシドールで消毒した。全治二日だ」

ちっ、とわたしは舌打ちした。

「まったく、圭じゃなくて、先輩が怪我すればよかったんですよ」

「ああ……本当に、そのとおりだよ」

どうやら本気でそう思っているようだった。わたしたちはまた黙り、ビールを飲んだ。唐揚げを食べ、ため息をつき、またビールを飲んだ。

「……おれはもう、1stはやりたくねえんだ」

やがて先輩が泣きそうな声を出した。

「何でですか？」

「……怖いんだ」

先輩は空っぽの唐揚げ皿を眺め続けた。

「二年前、おれは1stパイロットだった」

失礼します、と声が聞こえて、空の唐揚げ皿がテーブルから消えた。坂場先輩の目線は、何もないテーブルの上に固定されたままだ。

「いいチームだった。最高に仕上がった機体だった。毎年記録は伸びていて、前の年は一キロ超えを果たした。今年はさらに大きな記録が出るって、みんなの期待は高まってたんだ。けどな……」

先輩はひと呼吸置いて、ぼそり、と言った。

「記録は一五メートルだった。おれの責任でな」

二年前、とわたしは思う。記録は一五メートル……。墜落する人力飛行機……。

「プラットホームから飛びたつとき、機体は一度落ちるんだ。そこで機体を立て直せるかどうかは、一瞬で決まる。コツとかそういう問題じゃねえ。その一瞬に懸ける勇気や、覚悟が必要なんだ」

先輩は顔を上げ、わたしを見た。でもまたすぐに目を伏せてしまった。

「おれはその一瞬を怖がったんだ。あのとき横風を受けて機体は傾いた。舵取《かじと》りが必要だったけど、おれにはできなかった。舵を取るってのは大きなリスクが伴うからな。それを恐れたおれのミスだ。機体は旋回して、その後はどうしようもなかった」

「……で、墜《お》ちた？」

「ああ」

「……で、泣いた？」

「ああ、そうだな」

酔っぱらった頭で、わたしは思いだしていた。高三のとき、テレビで観ていた鳥人間コンテスト。墜落して号泣する、ピンクのウェアの男の人――。

「圭は飛び立つ瞬間を、快感だと言ってた。だから、あいつは１ｓｔに向いてんだよ。でもおれには自信がない。おれにはもう、みんなの期待を背負って舵を取ることはできない。一瞬のおれの判断で、一年間のあいつらの苦労とか、思いとか、そういうのがふっとんじまうのが怖いんだ」

この人だったのか……。わたしは二年前から、この人のことを知っていたんだ。

「墜ちたあと、誰もおれを責めなかった。それがつらかった。お前はよく頑張った、って卒業していく先輩が言うんだ。けど違う。頑張ってなんかねえ。おれはビビったんだ。緊張して、ビビって、するべき判断ができなかったんだ」

いつ頼んだのか覚えていないけれど、ビールが二つ、テーブルに届いた。

「操縦桿《そうじゅうかん》でいえば、一センチのことだ。一センチ右に切っていれば、旋回しなかったんだ」

坂場先輩は親指と人差し指で一センチを作り、それを振りかざしながら、延々と泣き言を続けた。

「あれから何度も夢を見た。でもその一センチには、永遠に届かない。たった一センチなのにおれは舵を切れねえ。一センチだ。わかるか？　一センチ。それは二度と届かない一センチだ」

うーるせえなあー、と、ビールに手を伸ばしながら、わたしは思う。

「おれの一センチのせいで、みんなに迷惑はかけられないんだ。もう無理だ……もう無理なんだ」

「何言ってんすか。勝手に責任を感じてんじゃねえ、ですよ！」

ぐびぐびとビールを飲めば、頭の奥で、どーん、どーん、と音が鳴った。へべれけだった。だけどわたしは、この人に言いたいことがあった。

「先輩はー、自分から逃げてんじゃないすか？　先輩はー、例えば圭のエラーのせいで、甲子園に出られなかったら、圭のせいにするんですか？　圭の責任だと思うんですか？」

「……甲子園は関係ないだろ」

「ありますよー、飛行機が墜ちたら、誰だって悔しいに決まってますけどー、自分の努力が無駄にされたとは思わないんじゃないですかー？　圭のせいで甲子園に行けなかったとは思わないんじゃないですかー？」

「……お前」

坂場先輩は低い声を出した。

「じゃあ訊《き》くけどよ、……本当にないって言えるのかよ？　こいつのせいで甲子園に行けなかったって、本当にこれっぽっちも思わないのかよ？」

「そりゃあー、ちょっとは思いますよ」

「思うのかよ！」

「でも、ちょっとです。ちょっと思うだけです。そんな〝ちょっと〟を恐れてたら、人は空を目指すなんて、できないんじゃないですかー？」

頭の奥で、どーん、どーん、どーん、と音が鳴り響いていた。

「自分のー思いはどうなんですか？　飛びたくないんですか？　あんなに必死に練習して、先輩が飛行機に乗るのはー、みんなのためだけなんですかー？」

「うるせえ！　お前はなんだ、お前はどうなんだ」

「わたしのことじゃなくて、先輩の話をしてるんですよ！　飛んでくださいっ！」

「嫌だ！　おれはもう嫌なんだ」

「何でですか！　飛んでくださいよ！」

「無理だ、おれには無理なんだよ」

目の前に枝豆のさやがあったので、それを先輩に投げつけた。

「先輩！　二年前はあんなに格好良かったじゃないですか」

「あ、何がだよ？」

「先輩ってー、ド派手なピンクのウェア、着てませんでしたかあ？」

「……あ、ああ、着てたよ」

「あーあー、ありがとーう、ございます」

「は？　何がだよ？」

「わたしー、先輩のおかげで、この大学に合格できました」

あのとき偶然解けた重力加速度の問題が、この大学の入試に出たからだった。だけどそんなことは今、どうでもよかった。

わたしはあの光景を観たとき、感動したのだ。墜落して大号泣する先輩の姿は、現代のイカロスみたいだった。あの光景は、中途半端だったわたしの胸に、びんびんと響いたのだ。

なのに今は、こんなに酔っぱらって——、弱気なことばかり言って——、目の前のこの人は、泣き言を繰り返すただのドアホウだった。虚勢ばっかり張っている、臆病《おくびょう》で筋肉バカな、モンキーエンジン野郎だ。

ふらつきながら立ち上がったわたしは、千円札を二枚、テーブルの上に叩《たた》きつけた。全然足りないかもしれないけれど、関係なかった。バカ面をした先輩が、驚いた表情でこちらを見る。

愛と哀しみの天使の鉄槌《エンジェルズ・ハンマー》を、わたしは振りかざした。

「飛ばない先輩は、ただのクソブタ野郎ですよ！」

くるり、とわたしは回れ右し、そのまま居酒屋を出た。一瞬、絶句した先輩が、後ろから何かを言っているのを、背中で聞いていた。


頭が痛えー、と翌日の午後、わたしは思った。

エアロバイクの出力を、一八〇ワットにセットする。それからサドルにまたがり、ハンドルを握る。水をがぶがぶ飲んで、重いペダルを回す。回す、回す、回す。

ここに来るのは何日かぶりだった。だけどちょうどよかった。生まれて初めての二日酔いを、嵐のような回転で、追い払ってやればいい。

回す、回す、回す、回す、回す。汗が噴き出したらまた水を飲み、回す、回す、回す、回す。

やがてずんずんと誰かが近付いてくる気配がした。その人もバイクにまたがり、パネルを操作する。

並んだ二人は一切顔を合わせず、それぞれのペダルを回した。回す、回す。回す、回す、回す。

「なあ、おい」

隣の男は前を向いたまま、声を出した。

「お前は、ひどいやつだな。それだけはよ、それだけは言っちゃいけねえよ。……ひどいよ。圭より言い方がひどいよ」

「は、何がですか？」

「まあ、そのことはいいよ。おかげでおれは目覚めたからな」

わたしたちはお互いを見ることなくしゃべった。

「お前がもし、今日ここに来るようなら、伝えようと思ってた」

「なんですか？」

「おれは1stパイロットをやる」

大声を出した男は、フルスピードでペダルを回し始めた。

「おれが舵《かじ》を取る。もう迷わねえ！　進路は西だ！」

「そうですか！」

わたしも一段階スピードを上げてペダルを漕《こ》いだ。わかっていた。次はわたしが決断しなきゃいけない番だって、ちゃんとわかっていた。

「だから、いいか」

「はい！」

「お前は2ndをやれ！　お前が必要なんだ。おれがフルパワーで漕ぐから、お前はおれに付いてこい！」

「はいっ！」

前を向いたまま、やけくそで大声を出した。付いていこうじゃないか、と思った。わたしは諦《あきら》めない。もう二度と、諦めない！　このドアホウに付いていこうじゃないか。

「付いてこれんのか？」

「はいっ！　付いていきますよ」

「飛びたいのか？」

「はいっ！　飛びたいです！」

わたしたちはお互い前だけを向いて、競争するみたいにペダルを漕いだ。男はぶんぶんとペダルを回し、わたしも負けずにぐるぐる回す。

「二人でアルバトロスを飛ばすぞ」

「はいっ！」

「声が小さい！　もうへばったのか？」

「いいえ、まだです！」

「よし、飛ぶぞ！　二人で飛ぶぞ！」

「はいっ！」

圭の分まで漕ごうと思った。それだけじゃなく、自分のために漕ごう。だってわたしは、飛びたいのだ。わたしだって飛びたい。やるべきこととやりたいことは今、がっちりとシェイクハンドしたのだ。

「――なあ、」

坂場先輩は、はあはあと荒い息を継ぐ。

「お前、出力はいくつだ？」

「まずは二〇〇を漕げるように。最終的には、もっと上げます」

「充分だ。体重は？」

「……それは内緒です！」

「あー？」

はあ、はあ、はあ、はあ、とわたしたちはペダルを漕ぐ。

「内緒ですけど、先輩は七八キロでお願いします。それで合わせて一二五キロです」

「……お前、もしかして、おれが引き算できねえと思ってるのか？」

「はい、引き算しないでください！」

「……そうか、まあいい。圭のときより……ちょっとだけ、楽になったぞ」

「ちょっとじゃないでしょ⁉」

はあ、はあ、はあ、はあ、はあ。

「そうだな、助かるよ。けど頼むぞ。これ以上、体重を上げんなよ」

「それは、任せてください！」

ぴぴぴぴぴ、とアラームが鳴った。

わたしと坂場先輩はバイクから転げ落ち、二人並んで天井を見つめた。はあ、はあ、と荒い呼吸を掻《か》き分けるように、先輩が宣言した。

「おれは二年越しのリベンジをするぞ」

「リベンジですか、いいんじゃないですか。わたしもやってやりますよ」

「何をだ？」

「わかりません。でもそれを知るために、飛びますよ」

はあ、はあ、はあ、はあ、はあ、はあ、はあ、はあ。

こうなったらやるしかない、と思っていた。わたしのガッツを回転に変えて、大空に放ってやろう。このドアホウドリと一緒に、地球の重力に逆らおう。フレッシュ＆ラブリィに、空を飛んでやろう。

「なあ、ところで、お前、名字は何ていうんだ？」

「はあ？」

「いや、ゆきなってのは知ってるけど、いきなり名前で呼ぶのは、ほら、あれだしな」

「今さら何言ってんすか……。鳥山ですよ」

「と、鳥山！　鳥山ってことは、お前、もしかして」

「遅いし、答えるのもめんどくさいし」

はあ、はあ、はあ、はあ、はあ、はあ、はあ、はあ――。

閑散としたトレーニングルームの中、二人の呼吸音が、いつまでも同調していた。

phase3
RESTART

五月一二日――。

今日からトレーニング日記をつけることにした。

あれから通学に加え、朝と夕方、エアロバイクを漕《こ》いでいる。リカンベント式のエアロバイクが二台あるから、圭の代わりにそれを漕ぐ。アルバトロスのコックピットも、リカンベント式だ。

今までは自転車のように前傾で漕ぐタイプだったけど、リカンベント式は、普通の椅子のようなシートに座って、後傾で漕ぐ。

五月一四日――。

バイクにまたがると筋肉痛だと感じるけど、日常生活は大丈夫。心拍数を測るセンサを耳につけ、エアロバイクを漕ぐ。心拍数を一六〇くらいに保ち、三〇分漕ぐ。これを四セット。それから一日おきに、筋トレをすることにした。ひとまずレッグプレスと、スクワット。家に帰ると猛烈に眠い。

五月一五日――。

体幹を鍛えるために、腹筋、背筋、腕立て伏せも始めた。食事は油を省き、たんぱく質を中心に。ミネラル、炭水化物なども、まんべんなく取ることを心がける。

圭のお見舞いに行きたいんだけど、時間がない。


五月一六日――。

レッグプレスを踏ん張るとき、わたしは凄《すご》い顔をしていると思う。

今やるべきことを考えて、圭のお見舞いは部長に任せることにした。

五月一七日――。
練習前は念入りにストレッチをする。家に戻ると、ストレッチに加え、マッサージをし、湿布を貼る。筋肉痛で練習がつらい。持久力はついた気がするけど、筋力はあまり上がっている気がしない。だけど今はひたすら、漕ぎ続けるしかない。

五月一八日――。
毎日汗だくになって、着替えまくっている。大量のウェアを洗濯してもらっていたら、お母さんに嫌みを言われた。自分で洗濯しようと思うが、夜はへとへとになって、すぐに寝てしまう。早起きして、洗濯をしよう。

五月二〇日——。

レポート中心の科目を、早くもいくつか諦《あきら》めてしまった。しかたがない、後期に頑張ろう。

筋肉痛は和らいだが、何度か脚をつってしまう。こんなに漕いでいるのに、出力がたいして伸びてなくて凹《へこ》む。圭はどうしてるんだろうな、と、ときどき考える。

五月二一日——。

朝、汗だくになった後は、ダウンをしてマッサージをしても、もう歩けない感じになる。近藤記念館のシャワーを浴びると、ようやく歩く気になるけど、最近、一限はずっと出ていない。二限も遅刻しがちで、出られないこともある。しかたがない、後期に頑張ろう。

明日《あした》は幹部会とやらに行くらしい。

　五月二二日、夕方のエアロバイクを休み、私たちは部室へと向かった。

「先輩、幹部会って何するんですか？」

「幹部が集まるんだ」

　そりゃそうだろう、というか、そんな説明では何もわからないのだが、お腹を空《す》かせているときの坂場先輩はいつもこんな感じだ。そして困ったことに、この人はいつもお腹を空かせている。

「わたし、実は部室って、行くの初めてなんですよ」

「おれも久しぶりだ」

　人数の多いこのサークルは、全員で集まるときは大教室を借りる。普段、制作チームはバス停向かいのガレージか四号館の地下で、それぞれの制作に没頭している。部室は庶務班が使っているのと、あとは制作チームが仮眠室のような感じに使っているだけらしい。

「ちょっと生協に寄るぞ」

「はい」

立ち寄った生協で、先輩は炭酸水とカロリーメイトを買った。外に出るなり、彼はそれをむしゃむしゃ食べ始める。

「幹部会ってのは、どうも苦手でな、何か緊張しちゃうし」

「緊張？」

意外な言葉に、思わず訊《き》き返した。態度や図体《ずうたい》や筋力のわりに、ハートの弱い人だと思っていたけれど、会合に出るのに緊張しているとは思わなかった。

「ああ、何か食わないと落ち着かなくてな。ほら、お前も食べるか？」

にっこり笑った先輩が差し出すカロリーメイトを、一切れ受け取った。ん？……にっこり？

「先輩？」

「何だ？」

やっぱりこの人は、柔和に笑っていた。

「ありがとうございます。ちょっとお腹空いてたんです」

「おう。腹が減ったときはお互いさまだもんなー」

ペットボトルのキャップをくいっと捻《ひね》った先輩は、ぐび、ぐび、と炭酸水を飲んだ。

これから毎日カロリーメイトを持ち歩こうかな、と、大型犬のトレーナーになった気分で思った。満腹中枢への刺激が、こんなに有効な人はいないかもしれない。柔和なだけじゃなくて、いつもより饒舌《じょうぜつ》になってるし。

「今日は臨時の幹部会で、おれたちのことが議題になるっていうか……だから二人とも呼ばれてるんだろうしな」

「え、そうなんですか！」

「パイロットって、翼とかフレームとかと違って、進度が形になって目に見えないだろ？　みんな心配してるんだよ。でもまあ、大丈夫だよ。特に何もないだろ」

「……………」

わたしはカロリーメイトをかじり、持っていた水を一口飲んだ。木と水のくに、高賀渓谷の天然水、とペットボトルのラベルには書いてある。

「……幹部会って、何人くらい集まるんですか？」

「ん？　各班の班長だから四、五人か？　いや六人か？　いや、七人くらいか？　八人か？」

ふ、不安だ、と思う。やっぱり圭とは違って、この人はこういうことにおいては、まるで頼りにならなかった。大勢の幹部に囲まれて、まだ圭の代わりになれていないわたしは、一体何を訊かれるのだろう。

各班の班長は何回か顔を見たことがあるけれど、ほとんど記憶には残っていなかった。

「あと部長と副部長もいるから十人くらいか。それからペラ夫さんも来るかな」

「ペラ夫さん！」

その名前には覚えがあった。T.S.L.の勧誘のときに、和美とプロペラトークをしていた人だ。あと圭の話にも出てきたことがあった。

「あの人って、あんな感じだけど、おれの五つ上でな。本当だったらサークルも大学もとっくに卒業してる人だよ。誰も呼んでないのに、ときどき現れる長老みたいな感じでな。けどあの人、本当は院生だから、部員じゃなくてOBなんだよな」

「……」

高賀渓谷の地層から一億年の年月を経て湧きでた（と書いてある）天然水を、わたしは飲んだ。世界には様々な水源や水脈があり、キャンパスには様々な青春がある。

「まあ、それじゃあ、行くか」

先輩が急にすたすた歩きだしたので、慌てて付いていった。広くて分厚い彼の肩は、わたしの目の位置くらいにある。

「何を訊かれても、こっちは事実を報告するだけだからな。自信満々でいろよ。みんなを不安にさせちゃだめだ。弱音は吐けないぞ」

「……はい」

ぷぱー、とトランペットを鳴らす音が聞こえて、じゃじゃーじゃじゃー、と歪《ひず》んだギターの音が聞こえた。ぶんぶんぶん、とベースの音も唸《うな》る。

軽音部、天文部、茶道部、演劇部。部室棟には様々な青春へと繋《つな》がる扉が並んでいた。がちゃがちゃとスパイクの音を鳴らしながら、目の前を野球部員が通り過ぎていく。

「あれ、誰もいないな」

部室には誰もいなかったけれど、人の気配のようなものが濃厚にあった。

「みんなはまだ、ガレージのほうかな?」

坂場先輩は壁際のベンチに座った。わたしは部室の中を見回してみる。

壁にプロペラが飾ってあった。書類棚のようなものがあって、あとは寝袋やら何やらを詰め込んだ作り付けの棚もある。見たことのない部材でできた棚だ。

「先輩、これって作ったんですか?」

「ああ、うちは何でも自作できちゃうからな。炉で焼いて作ったカーボンパイプの棚だよ。このベンチも自作だし」

「へえー。これはなんですか?」

棚の三段目に古い電子レンジが置いてあった。電子レンジは別に普通なのだけど、その上にゲームセンターにあるような赤や緑のボタンがある。

「ボタンだよ」

「いや、それはわかりますけど」

「緑は三十秒、黄色が一分で、青が一分三十秒」

「は？」

「押してみろよ」

んー？　と思いながら緑ボタンを押してみると、ごうぅぅんと音を立てて中の皿が回りだしたので、驚いてしまった。

「赤がストップ」

慌てて赤いボタンを押すと、回転が止まった。

「え、え、どうしてですか？」

「知らん。おれが入学したときからそうだ」

「おいーっす」

いきなりドアが開いて、三、四人の幹部と思われる人が中に入ってきた。こんにちは、と頭を下げて挨拶《あいさつ》をしていると、隣からいきなり声が聞こえた。

「五年前だった」

驚いて振り向けば、その人がレンジを見つめたまま話し始めた。

「ある日、突然、電子レンジ本体の操作パネルが壊れたんだ。一切の動きを止めたレンジは、モノを温める能力は失っていなかった。彼はただ命令を聞く耳を失っただけだったんだ」

ぺ、ペラ夫さん！　隣に現れたのは、新入生勧誘のときに見た、ペラ夫さんだ。

「どこかから基板とこのボタンを拾ってきて、ここに取り付け、彼に再び命令を与えたのは、僕と同期の電装班のジェフリーだ」

ペラ夫さんは新歓のときも、こんなふうに、こちらを一切見ずにしゃべっていた。

「ジェフリーのハンダ付けは、優しくて精緻《せいち》で、多分、歴代メンバーの中でも№１の腕だろう。どんなに複雑な事情で別れたカップルでも、彼がそっとハンダ付けすればぴったりと元サヤに戻る。ちなみに彼は今、リズム時計という会社でエンジニアをしている」

カップルのくだりはちょっと何を言っているのかわからなかった。

「ちなみに、僕とジェフリーしか知らない裏技がある。緑と黄の同時押しで二百九十七秒間の温めが可能だ。二百九十七メートル。第十代機〝ケストレル（小型のタカ）〟の記録だ」

「……!?」

「坂場くん」

くるりと振り返ったペラ夫さんは、坂場先輩の顔を見つめた。坂場先輩はいつの間にか、こちらを向いて立ち上がっている。他の先輩たちは、わたしたちに構わず、それぞれの雑談を始めている。

「〝イーグル（ワシ）〟のときと比べて、出力はどう？」

「はい。あの頃よりも、かなり上がりました」

敬語を使う坂場先輩を見るのは初めてだった。イーグルというのは、二年前の機体のことだろう。

「そうか。僕は君のファンだから、大いに期待してるよ。さすがに僕も来年には、この大学を去るからね。最後に君のフライトを見られるのは、すごく嬉《うれ》しいよ。でも坂場くん、君は責任を背負って飛んじゃだめだよ。君は愛を背負って飛ぶべきだ。大空への愛と、自分への愛。君の回転は、人類の大空への愛を、代表してるんだから」

「……はい」

「そして、ゆきなちゃん」

ペラ夫さんはゆっくりと壁を見上げた。視線の先には、何かの貼り紙がある。

「君はきっと、坂場くんといいコンビになれる。悪魔の鉄槌《ルシファーズ・ハンマー》は琵琶湖の魔物にケンカを売るけど、君は魔物を味方にすることができるだろう。そしてきっと君たちは、僕らの夢を、一〇キロより先に連れて行ってくれる」

貼り紙を見上げたペラ夫さんは、一切こっちを見なかった。

「じゃあ、僕はこれで失礼するよ。今日はそれを君たちに伝えたかっただけだから」

「……はい」

ペラ夫さんは、ちゃっ、と右手を上げ、そのまま部室を出ていってしまった。入れ違いにまた数人の幹部が部室に入ってくる。

えーっと、とわたしは思った。いろいろ知りたいことがあるけれど、何から訊《き》いていいのかわからなかった。

「……とりあえず、あれは何ですか？」

ペラ夫さんが見上げていた貼り紙を、わたしは指さした。そこには何やら脱力系のモンスターが描いてある。

「あれはな、琵琶湖には魔物が棲《す》んでてな、」

坂場先輩は、またカロリーメイトを食べ始めた。

「そいつは湖面の風を複雑に変化させ、パイロットを混乱に陥れるんだ。誰かがそいつをビッシーと名付けて、いつの間にか懸賞金がついたんだ」

WANTED！　と、貼り紙は確かに手配書の様式になっていた。ビッシーという名のモンスターに、懸賞金が三〇万円かかっている。生き死にを問わないらしい。なるほど。

「えーっと……それから」

とりあえず次は――、

「ペラ夫さんは、どうしてわたしの名前を知ってるんですか？」

「知らん。あの人のことはわからん」

坂場先輩は残っていた炭酸水を飲み干した。また扉が開いて、何人かの幹部が部室に入ってくる。やいのやいのと、部室がさらなる騒ぎ声に満ちる。

「……えーっと、あと、どうしてペラ夫さんは――」

「そろそろ始めるぞー」

部長の声が聞こえた。騒音の余韻のように、いくつかの言葉が宙に浮いて途切れた。と思ったら突然、全員が立ち上がった。

「幹部会、始めます！」

「はいっ」

立ち上がった幹部たちによって、部室内に円陣のようなものができあがっていた。

立っていた位置がよくて、わたしたちも自然に円周の一部に混ざっていた。

立ってミーティングをすることにも、こんなふうに声を出すことにも、驚いてしまった。

「電装班、報告お願いします」

「はい。まずは計器類のチェックですが、電装系統は無傷だったらしい。前回のテストフライトの事故で、電装系統は無傷だったらしい。

細いメガネをかけた電装班の班長が、高度計のパルスがとか、フレキ基板がとか、インピーダンスがどうしたとかいう報告をしたけど、わたしには全く理解ができなかった。ともかくトラブルなく作業が進んでいるということだけはわかる。

電装班長のメガネは人望がありそうなメガネではなかった。その代わりクールで、計算の速そうなメガネだ。

「次、フェアリング班、お願いします」

「はい。まず破損した箇所の修理の進捗《しんちょく》は、七〇パーセントです。予定より遅れていますが、週末に取り戻します。庶務班に予備のスチレンペーパーの購入をお願いし、了承されました」

フェアリング班長は、とても流暢《りゅうちょう》に作業進度を報告した。コックピットを覆うフェアリングは空気抵抗が極限まで小さくなるよう計算し尽くされていて、班長が流暢なしゃべり方をするのは、そういうことも関係あるのかもしれない。

やがて飛んだ二、三の質問にも、フェアリング班長はよどみなく、するりと答えた。

「じゃあ、次、フレーム班、お願いします」

「はい」

右隣に立っていた人が声を出した。

「前輪の交換は終了。強度を上げるため、Aピラー、前輪付近の破損箇所をカーボンクロスで補強した。この強度を今試験中で、週末には完了予定。他、フレームのたわみや傷などを、チェックしているが、特に問題は見つかってない。今週の土曜、一三時からプロペラ班と共同して回転試験を行います。質問ありますか？」

フレーム班長は、カーボンパイプのような芯《しん》のある声で、本質をきっちり伝達する。

「体育館の撤収時間は？」

「一八時。作業は二〇分前に終了します」

それから回転試験に向けての確認が、いくつかなされた。

「当日はパイロット班にも、協力をお願いします」

「了解です」

急にわたしたちに注目が集まる中、坂場先輩が低い声で返事をした。

「よし、じゃあ次、翼班、お願いします」

「はい」

わたしたちへの注目が逸《そ》れ、翼班の進度報告が始まった。

「後縁の変形が、見つかりました。今は取り外して修復中ですね。リブの変形もみられるため、再度リブ付けをします。副部長、資料をお願いします」

ふわり、という感じに、翼班長は柔らかな話し方をした。

それからいくつもの質問が飛び、一つ一つ確認がなされた。次回のテストフライトに向けての工程の確認――。人手不足をどうするか――。メインスパーの強度は大丈夫か――。

副部長という人が配った資料を眺めたけれど、メインスパーとか、第一プランクとか、アスペクト比とか、わたしにはほとんど理解できなかった。

どうしよう。

さっきから各班の報告が終わるたびに、緊張が高まりまくっていた。前回のテストフライトで、アルバトロスは大きな損傷を負い、各班ともスクランブルで対応している。だけど……、
本当に問題を抱えているのは、わたしたちパイロット班だ。

アルバトロスのエンジンは、二気筒のうち一気筒を失った。圭の代わりをしなきゃならないのは、まだ筋肉痛でひーひー言っている、さっきから何の話がなされているのかさっぱり理解できない、このわたしだ。

何か訊かれたら、どう答えればいいんだろうか。坂場先輩はわたしのことを、どう報告するつもりなんだろう……。まだ全然出力が足りていないのに、納得してもらえるんだろうか……。

「じゃあ最後に、パイロット班、お願いします」

「はい」

どきーん、とするわたしの隣で、坂場先輩は落ち着いた声を出した。全員の厳しい視線がこちらに集まる。

「出力はまだだが、重量は目標に近付いた。本番に向けて限界まで努力する。必ずやり遂げるから、おれたちに任せてくれ」

坂場先輩は力強く言い放った。部室はしばし、静寂に包まれる。

彼の声のトーンは頼もしく、ボリュームも申し分なかった。だが、内容が大ざっぱすぎるのではないだろうか……。

それは杞憂《きゆう》なんかじゃなくて、わたしでもわかるほどに幹部の人たちの顔色が変わっていった。落胆の色に。

「……坂場、」

と、副部長が言った。

「お前の報告は、何も言ってないのと同じだ」

「……何故？」

「スケジュールはどうなってる？」

「ああ」

坂場先輩はポケットから四つ折りにされた紙を取りだした。せっかく表やグラフがきれいにまとめられているのに、くちゃくちゃになってしまっている。

「これは圭のときの計画だろう。パイロットが代わって、トレーニング計画は立て直したのか？　途中目標は見直したのか？」

「いや、計画は今までのままでいく。おれはもっと出力を上げるし、こいつも少しずつ目標に近付いている」

「現状、出力が足りてないだろう。何パーセント足りてないんだ？　数字で示せ、数字で」

「大丈夫だ。おれにはわかる。こいつには根性がある」

「いや、そういうことじゃなくてだな……」

「それより、もう少し機体を軽くしてくれねえか？」

と、坂場先輩は言った。

「何⁉」

副部長が声を荒げた。

「出力のことを言うなら、軽量化してほしいんだ。多少、安全性を犠牲にしてもいい。まだ軽量化できるだろ」

「おい！」

「坂場」

熱くなる副部長を遮るように、部長が冷静な声を出した。

「軽量化は限界までやっているんだ。本当ならもっと剛性を高めたいって声が出てる」

「……高めんのかよ」

「そうだ。おれたちは事故を起こしたんだ。これは重いことなんだよ。圭が大切なものを失ったことは、お前が一番よく知っているだろ？　あいつはあんなに飛びたがってたんだ」

「………」

「特に脚回りの剛性は高めたい。ただし、重量化に繋《つな》がらず、剛性を高める方法はないかって、必死に設計を見直してる。今はそれをスケジュール化して、全員で共有している段階なんだ」

「だから、坂場」

副部長が部長の言葉を引き継いだ。

「お前は、出力が足らないなら足らないで、いつまでにどこまで上げるか、それを数字で示せ」

「それは任せろ。本番までには必ず間に合わせる。本番では必ず飛ばす」

「そういうことを訊《き》いてるんじゃない。頑張りますだけじゃ、誰も納得しないだろ？」

「どうしてだ？　おれに任せるんじゃないのか？」

「任せてるだろ！　けど、おれたちはチームで動いてるんだ。本番の、飛べた飛べなかった、なんてのは単なる結果だろ？」

「んー？」

坂場先輩は首を捻《ひね》った。

「パイロットは、飛べた飛べなかったが全てだろうが」

「全然違う！」

「違わねえよ。過程が大事だってか、あ？」

「そうだよ！」

「じゃあ、飛べなくても、頑張ればいいってことか？」

「そういうことを言ってるんじゃないだろ！」

副部長と坂場先輩は、ケンカ腰でやりあっていた。わ、わたしの出力が足らないせいで——。

「ちょっと待」「あのっ」

部長の声と、わたしの声が重なり、部室は一瞬静かになった。

「ああ……ゆきなちゃん、どうぞ」

部長が柔和な笑顔になって、私を促した。

「あ、あの……」

だけど特に言うことを考えていたわけではなかった。でも、でも、でもでも……。

——飛べた飛べなかった、なんてのは単なる結果だろ！　——パイロットは、飛べた飛べなかったが全てだろうが。　——全然違う！　——違わねえよ。

どっちの言うことも正しい気がしたけど、わたしは何かを言いたくなっていた。今のやりとりの底に、二年前に号泣して、そのあと一年間閉じ籠《こ》もった坂場先輩の屈託に繋がる、大切なことがある気がした。

「ええと……うまく、言えないんですけど……」

「うん、うん」

と、部長は頷《うなず》いた。それからぶ厚いメガネのブリッジを、くいっと上げた。

「うん、どっちにしても、今のやりとりは議事録に残せるような話じゃない。だから一旦《いったん》、幹部会はここで締めよう」

「そうだな、ケンカしててもしょうがないしな」

幹部たちは、それぞれ頷く。

「ゆきなちゃんの話は、このあとでみんなで聞こう。パイロット班のことも、そこで話せばいい。いいな？　シュウ」

「ああ」

シュウと呼ばれた副部長が返事をした。

「坂場もいいな？」

「……ああ」

「よし、続きは学生会館で」

部長のメガネが、きらーん、と光った。

「じゃあ、幹部会終了、いつものいきます」

輪になった幹部たちが腕を伸ばしたので、慌ててわたしもそれに合わせる。

「T.S.L.、スカーーイ」

「ハイっ！」

小さな部室に、空を目指す青春の声が、鳴り響いた。

「ゆきなちゃんと坂場は、真ん中に座って」

部長に誘《いざな》われ、わたしたちは白くて大きなテーブルの前に座った。広い学生会館の中にいるのは、わたしたちだけだった。

「あのさあー、実際それじゃヤバいって、坂場ちゃんはさあー」

副部長のシュウさんの口調は、さっきとはまるで違っていた。わたしと坂場先輩を中心にして、幹部のみなさんがばらばらと座る。

「そうだね、これから全体報告もあるんだしね」

「坂場、お前、資料作るのめんどくさいだけだろ？」

「もしかして、Excelが使えないとかだろうか？」

「……使えるよ」

急にざっくばらんになった場のなかで、坂場先輩だけが不機嫌な顔をしている。

「ゆきなちゃん」

部長がこっちを見た。

「うちのサークルは大所帯だし、オンとオフはしっかり切り分けるんだ。そうじゃないと、活動がきちんと回っていかないからね」

「……はい」

「今はオフだから、気楽に答えてくれていいんだけど。どう？　パイロットとして自信はある？　急に飛ぶことになって、不安だろうけど」

「……それなんですけど」

と、私は言った。春の終わりの風が、ざわざわと会館の外の木々を揺らしている。

「正直、自信はないです。思うように出力は上がらないし――」

「いや、」

坂場先輩が急に声をあげ、早口でしゃべり始めた。

「こいつは、こんなこと言ってるけど大丈夫だ。おれが保証する。お前らいいか？　おれはこいつとじゃなきゃ飛ぶ気はないからな。他じゃあだめだ」

「坂場」

部長が冷静な声を出した。

「お前に訊いてるんじゃないんだ。まずは、ゆきなちゃんの言うことを最後まで聞こう。いいか？」

「………」

坂場先輩を見つめていた部長の視線が、わたしへと移った。その視線に促され、わたしは口を開く。

「あの、わたし、自信はないんですけど、でも弱気なことは一切考えないことにしたんです。考えても何もいいことはないし、やれることは一つだから。迷ったり悩んだりするより、漕《こ》ぐしかないって思ってます。目の前のペダルを漕ぎ続ければ、いつか届くって」

このサークルにもパイロット班にも、巻き込まれるように入っただけだった。自分が飛びたいのかどうかなんて、わからなかった。

だけど怪我をした圭のために、と思った。それだけじゃ足りないのもわかっている。だったらその先にあるものを探して漕ぎ続けようと、わたしは決めたのだ。

「わたしは弱気にはならないし、出力も届くって信じてます。でも先輩たちが心配するのは当然だと思います。他のパイロットを探すことだって、当然だと思うし」

「いや、それはお前——」

「坂場」

何かを言おうとした坂場先輩を、部長が再び制した。

「お前はゆきなちゃんをかばっているつもりなのかもしれないけど、おれたちは責めているわけじゃないんだ。わかるか？　パイロットはお前ら以外には、一切考えてないよ。そうだよな？」

「ああ。坂場とゆきなちゃんが、アルバトロスのエンジンだ」

副部長のシュウさんが頷いた。

「僕らはね、自分たちが必死に作った機体に、乗ることはできないんだよね」

ふわり、と、翼班長が言った。

「だけどその代わりに、全員の代表としてのパイロットを、選ぶことができるんだ。さんざん話し合ったよ。それで最後は全員一致で、ゆきなちゃんと坂場に任せることにしたんだ。多数決じゃなく、全員一致でね」

「どうしてですか？」

と、わたしは訊《き》いた。だって、わたしには実績も実力もないし、成り行きでパイロットになっただけだ。他に方法だってあるはずなのに。

「おれに関して言えば、坂場を信じているからだ。坂場が君と飛ぶと決めたなら、おれはそれを信じる。坂場が任せろっていうなら、おれは任せる」

フレーム班長は、芯《しん》がびしっと通った声で言った。

「右に同じだよ。坂場くんは二年前、イーグルのフライト失敗に責任を感じて、それから飛べなくなったけど、僕にはそういう人間のほうが信じられる気がする。飛べなくなった坂場くんが、自分で飛ぶことを選んで戻ってきてくれて、嬉《うれ》しかった。坂場くんはバカだけど、今回みたいな非常事態にこそ頼りになると、本当に思ってるよ」

この世に空気抵抗などないかのように、フェアリング班長は流暢《りゅうちょう》に語った。

「おれは説明を聞いて、ちゃんと納得できたからだ」

と、シュウさんが言った。

「もともとおれは、ゆきなちゃんにパイロットを任せることには賛成できなかったんだ。いくら圭や坂場がそれを望んだからといって、根拠がないんじゃ、納得できない。全員の思いが籠《こ》もった機体なんだ。坂場は任せろと言ったけど、最後まで反対した。だけど任せることにしたのは、ハックの説明でちゃんと納得できたからだ。昔より筋力をつけた坂場がこれ以上体重を落とすより、軽いゆきなちゃんと組んだほうが、いい結果が出るかもしれないって。なあ、ハック？」

「そうですね。圭より軽い人間を、男で探すのは難しいでしょうから」

ハックと呼ばれた電装班長は、細いメガネを光らせながらクールに言った。

「ゆきなちゃんは知らないだろうけど、坂場が全員を説得したんだ」

と、部長が言った。

「自分をまた飛ぶことに向き合わせてくれたのは圭で、そして今はゆきなちゃんだって。ゆきなちゃんに気持ちをぶつけられなかったら、自分は１ｓｔパイロットなんてやれなかった。今度は自分の番だ。ゆきなちゃんの出力が足らないなら、その分、自分が死ぬ気で補う。必ず何とかするから任せろって」

坂場先輩は石化した稲穂のように頭《こうべ》を垂れていた。耳が少し赤くなっている。

「だから、そうだねえー」

翼班長は、ふわふわと微笑んだ。

「坂場くんは、ちゃちゃちゃちゃっと目標を組み直して、新しいスケジュールを出すことだよ。チームなんだから、情報を共有しないとね」

「……」

だけどパイロット班の臨時バカ班長は返事をしなかった。

「先輩」

と、わたしは言った。

「本当はExcelが使えないんですよね？　正直に言ってください」

しばらく下を向いていた坂場先輩は、ああそうだよ、と、やがて低い声を出す。

「じゃあ教えてあげますから、ちゃっちゃとやってください」

「……わかったよ」

ちっ、と舌打ちしながら坂場先輩は言った。おおー、という驚きの声が漏れ、笑い声が続く。凄《すげ》えよ。坂場が言うこときいてるよ。

「ゆきなちゃん」

笑顔の部長がわたしの顔を見た。

「そう言えば、さっき部室で言いかけてたことって、何だった？」

「あ、えーっと……」

何だっけと考え、私は思い返す。

——飛べた飛べなかった、なんてのは単なる結果だろ！　——パイロットは、飛べた飛べなかったが全てだろうが。——全然違う！　——違わねえよ。

「……あの……上手《うま》く言えないんですけど、その……例えばプラットホームから測れば一五メートルでも、でも本当のスタートはもっと前かもしれないですよね。過程とかじゃなくて」

「ん？　どういうこと？」

「プラットホームに辿《たど》り着くまで、距離にしたらどれくらいかわからないけど、例えばそれが一万メートルだったら、イーグルだって本当は、一万一五メートル飛んだのかもしれないなって」

遠く自動ドアが開く音が聞こえた。ざわ、と、少しだけ風の気配を感じる。

「それは記録じゃなくて、記憶なのかもしれないけど……でも機体を作っていることだって、今わたしがエアロバイクを漕ぐのだって、圭が積み重ねてきたことだって、そういうのも全部、フライトの一部ですよね。フライトはもう始まってるんじゃないかなって」

ほー、とか、おー、とかいう声が聞こえた。

「フライトはもう始まっている——か」

目を閉じていた部長が、ゆっくりと目を開いた。

「おれたちが過程だと思っているものは、結果そのものかもしれない。逆におれたちが結果だと思っているものは、過程なのかもしれないってことか」

「ということは、アレだね」

横から聞こえた親密な声に、幹部たち全員が振り返った。ペ、ペラ――、

「初号機RX－75から、フライトは連綿と続いているんだね」

ペラ夫さん！

「不可逆な時間の流れの中で、僕らは挑戦し続けている。だけど空を目指す知や工夫は、どんな図面一枚にも、色濃く受け継がれている。フライトは続いているんだ」

ペラ夫さんは部長の顔を見て、それから幹部たちの顔を見回した。

「今まで二人乗りの機体に関わった人間、全員の知や工夫や努力が、アルバトロスの翼には宿っている。実際に飛ぶのも、夢を見るのも、君たちだけじゃない」

それからペラ夫さんは、坂場先輩の目をじっと見た。

「だから坂場くん、ぜひ、計画や記録は残しておいてほしい。君とゆきなちゃんの今の歩みも、次代のマイルストーンになるんだよ」

「……はい」

「ゆきなちゃんも頑張って」

「……はい」

だけどペラ夫さんは、わたしを一切見なかった。そのまま、じゃ、というポーズをして、学生会館を出ていってしまう。

わたしたちは挨拶《あいさつ》するのも忘れて、呆然《ぼうぜん》とそれを見守っていた。

「ペラ夫さん、いつからここにいたんだ？」

ざわ、ざわ。

「いつものことと言えば、いつものことだけど」

ざわ、ざわ、ざわ。

「なあ、RX－75って何だ？」

「ガンタンク……じゃないか？」

急に現実歪曲《わいきょく》空間に迷い込んだみたいだった。

「んーっと、ゆきなちゃん」

気を取り直すように、部長が言った。

「そう言えば、君にはまだ訊いていなかったな」

部長はメガネのブリッジをくいっとやる。

「何をですか？」

「パイロットを目指す人間には、全員に訊いてるんだ」

いつの間にか、幹部全員の注目が、わたしに集まっていた。

「本番の琵琶湖は、年に一回限りのチャレンジなんだ。機体には部員全員の思いが詰まっている。活動のために留年してしまうやつも多い。みんな本番の一回のフライトのために、寝ずに頑張る。パイロットも、その日のために必死に努力する。機体は何代にもわたるOBの創意工夫や、努力の結晶でもある」

「……はい」

「機体が順調に飛べているとしよう。距離も記録もぐんぐん伸びている。優勝したい、一メートルだって先に飛ばしたいって、パイロットだけじゃなく全員が思っている。普通ならパイロットが力尽きるまで、飛行機は飛ぶ」

「はい」

「でも琵琶湖には、飛行禁止区域ってのがあるんだ。陸地や島はもちろんそうだけど、湖岸から三五〇メートル以内の区域や、浅瀬や岩礁、それから漁場や水生植物の繁殖域なんかもある。危険だと判断されたら、ボートから着水するよう指示される。指示がなくても、パイロットが判断しなきゃならないときもある」

「……はい」

「フライトは順調だ。君は湖上を飛んでいて、まだまだ体力も残っている。でもこのままじゃ飛行禁止区域に入ってしまう」

部長は静かな声で問うた。

「そういうとき、ゆきなちゃんは機体を墜《お》としますか？」

メガネの向こうにある目が、わたしを射貫《いぬ》くように捉《とら》えた。他の幹部もわたしを見つめ、答えを待っている。坂場先輩は俯《うつむ》いたまま、耳だけをこちらに向けている。

「えっと」

みんなの夢を背負ってわたしが飛んでいる、と想像してみる。墜とすも墜とさないも、わたしが判断しなきゃならない。つまりそれは、みんなの夢や自分の夢を、自分の手で終わらせることができるのか、ということだ。

「……墜とします」

「躊躇《ちゅうちょ》なく？」

「……はい」

「どうしてそう思うの？」

「勇気は要ると思います。でも、自分の手で終わらせる、そういうことも引き受けて飛ばなきゃならない、って思ったからです」

おー、と場がどよめき、ぱちぱち、と手を打つ音も聞こえた。初だな、という声も聞こえる。

「それでいいんだよ、ゆきなちゃん」

「……あ、はい」

「パイロットってのは飛びたい連中ばっかりだからね。基本、飛ばしたがるんだよ。コースを戻すようぎりぎりまで努力する、って答えが一番多くて、圭もそうだった。努力してしまうと思うって答えるやつもいた。わからない、って言うやつもいるし、指示の場合は従うけど、自分の判断で墜とすことはない、って言うやつもいる。坂場は墜とせないってはっきり言いやがった。実はね、うちの歴代のパイロットで、墜とす、って答えた人間はいないんだよ」

「……そう、なんですか」

「ああ。実際のフライトで飛行禁止区域に入ってしまったやつもいるんだ。そのときは運が良くて、機体を元に戻すことができた。だけど他大学で、戻せずに事故にあった人もいる。もしも大きな事故を起こしたらどうなると思う？」

「怪我をしたり、ですか」

「それはもちろんそうだよ。けどパイロットが怪我するだけだから自業自得だ、っていう考えはないんだ。もしかしたら、大会がその年から中止になってしまうかもしれない。何代にもわたって続いてきた空への挑戦が、終わってしまうかもしれない」

「……はい」

「だからゆきなちゃんの答えが正解。君は歴史に残るパイロットになるよ」

「そうだな、坂場に言うこときかせられるのも、ゆきなちゃんだけだし」

「猛獣使いだね」

「危険物取扱者、って感じか」

「バカにつける薬を持ってるよね」

坂場先輩が、ちっ、と舌打ちする中、幹部の先輩たちが盛り上がり始めている。

「けど、坂場。お前、今ならどうなんだ。墜とせるのか？」

部長が真剣な表情で問うた。

「……いや、おれには、墜とせって言われても、墜とせる自信がない。だから操舵《そうだ》はできないって言ってるんだ」

「けど、今はお前が1ｓｔだぞ。ゆきなちゃんも乗ってる。どうするんだ？」

問われた坂場先輩は、しばらく黙った。

「……おれも成長しなきゃなんねえ、ってことか？」

「ああ、そうかもな」

部長は微笑みながら言った。

「まあ、とりあえずExcelくらい覚えろよ。お前、仮にも工学部生だろ？」

幹部の一人が横ヤリを入れた。

「あと単位も取れよ。一生、卒業できないぞ」

「脳ミソにまで、筋肉つけなくてもいいんだからな」

「坂場くんの脳って、何ワットくらいあるんだろうねえ」

「二ワットか、三ワットくらいか？」

「いや、四ワットはあるだろ」

「うるせえよ！　おれはもう行くぞ。ちょっと漕《こ》いでくるよ」

騒ぎ始めた幹部たちから逃げるように、坂場先輩は立ち上がって、すたすたと歩きだす。

「あ、わたしも行きます！」

その背中を追いかけ、わたしも慌てて立ち上がった。

墜とす、と言ったわたしと、墜とせない、と言った坂場先輩――。

「ゆきなちゃーん、頑張ってねー！」

後ろから聞こえた幹部たちの声に、わたしは振り返ってお辞儀をする。

今のわたしたちの課題は、エンジンを早く仕様書の通りに組み上げることだった。

目の前のペダルを漕いで、アルバトロスを浮上させる。フライトはもう始まっている。

近藤記念館のペダルを漕いで、アルバトロスを一センチでもプラットホームに近付けなきゃならない。

五月二三日――。

耳にセンサをつけて、リカンベント型を一時間漕ぐ。心拍数は一六〇くらいをキープ。同じ心拍数でも、最初よりはスピードが上がってきた。だけどトレーニング方法がこれでいいのか、よくわからない。筋トレも取りあえず限界までやってみる感じ。これだけ疲れるわけだから、身になっていると信じているけど……。

坂場先輩に薦められて、プロテインを飲んだ。まさか自分がプロテインを飲む日が来るとは……。

五月二四日――。

午前中は二時間くらい漕ぐ。午後は、フレーム班の回転試験へ。

一〇メートルくらいの太くて長いフレームに、コックピットの骨組みがぶら下がっている。時代劇に出てくる、えっさ、ほいさ、と人を運ぶカゴのような感じ。長い棒の先端に巨大なプロペラがついている。翼とかは、まだついていない。

先輩が前、わたしが後ろ。シートに座って、ぶんぶんとプロペラを回す。

バイクとは少し漕ぎ心地が違った。二人でペダルを回すと、その縦回転がチェーンで上に伝えられる。

チェーンはずいぶん長かった。私たちの目の前で、上へ上へと高速で送られる。チェーンは途中でねじれていて、縦回転が横回転に変わる。そしてプロペラへと続くドライブシャフトを回す。考えてみれば、回転を伝えるこのチェーンが命だ。チェーンが外れたり、切れたりしたら墜落だ。

回転数を指定され、メーターを見ながら漕ぐ。楽しい。

みんなは駆動部や、プロペラの挙動や、計器の動作確認をしている。和美もいた。わたしと坂場先輩は黙って漕ぐ。パイロットはここでは単なるエンジンで、部品みたいなものだ。楽しい。

五月二五日——。
坂場先輩と山へ行った。半分を過ぎてから置いていかれたが、残りは一人で完走。家に戻り、眠気と闘いながら、マッサージとストレッチをする。そのまま泥のように眠ってしまう。

五月二六日——。

起きたら全身筋肉痛で地獄のようだ。いつもと違うところが痛い。だがバイクを漕いで学校へ。動けば何とかなるのと、後で気付いたんだけど、痛みは前よりかなりマシになっている。

ストレッチを念入りにする。リカンベント型を軽めに一時間漕ぐ。

五月二七日——。
今日は嬉《うれ》しい一日だった。嬉しい！　ホントに嬉しい。

その日は、もうすっかり夏、という陽気だった。

心拍数を一六〇くらいに保ちながら、リカンベント型を漕ぐ。漕ぐ、漕ぐ、漕ぐ。

汗をだらだらかき、水分を補給して、また汗をかき、どこにも行けないバイクのペダルを、一時間回し続ける。

ストレッチマットの上に座って休憩しながら、床でへばっている坂場先輩を見つめた。この人はさっきまでスプリントトレーニングというものをしていた。全力で三〇秒もがいて、二〜三分流す。それを一〇回くらい繰り返す。

「先輩」

「……なんだ？」

「わたし、出力がいまいち上がってない気がするんですけど、どうすればいいんですかね？」

トレーニングを始めて一か月半で、それなりに体力は向上していた。でもまだ足りない。八月一日にある本番のフライトまで、あと二か月と五日しかない。

「そりゃあ……気合いと、継続……それしかない」

呼吸を整えながら先輩は言った。

「いや、そういうことじゃなくて、回し方のコツとか」

「それは……こう……、ぐわっと、回すんだよ」

「……ぐわっと」

先輩は両手を回すジェスチャーをしてくれたけど、何のアドバイスにもなっていなかった。お前の報告は何も言ってないのと同じだ、とシュウさんが言っていたことを思いだす。

「……先輩、ところでスケジュールは直してくれたんですか?」

「まだだ。もう少し待て」

かちゃん、かちゃん、と音が聞こえた。

「早くしないと、また怒られますよ。ぐわっと書いてくださいよ。ぐわっと」

「うーるせーなー」

かちゃん、かちゃん、かちゃん、と近付いてきた音が止まった。振り返ったわたしは、それから跳ねるように起き上がった。

「圭ー!」

「ゆきなちゃん!」

松葉杖《まつばづえ》で体を支えた圭に、わたしは駆け寄った。

「退院できたんだ! よかった。もう大丈夫なの?」

「うん、ギプスはまだ外れないけど、どこも痛くないよ。着替えは大変だけどね」

ジャージとサンダルの間に、ギプスが見えた。でも圭は笑顔だ。

「お見舞い行けなくてごめんね」

「ううん。それよりさ、あ、その前にちょっと座るね」

圭はストレッチマットのほうに、ひょこ、ひょこ、と歩きだした。

「あ、手伝うね」

「うん、お願い」

松葉杖を受け取り、圭に肩を貸した。圭はわたしに体重をかけながら、慎重に腰を下ろす。ギプスで固められた左足が、すとん、とストレッチマットに投げ出される。

「それでね、早速なんだけど、見てほしいものがあるんだ」

体を捻《ひね》った圭が、背負っていたリュックからクリアファイルを取り出した。

「あれ、これって」

驚いて圭を見る。

「うん、ゆきなちゃんと、坂場先輩のトレーニング計画」

クリアファイルには十枚くらいのA４用紙が入っていた。朝、夕、のトレーニングメニュー。途中目標値。それはまさに幹部会で作り直せと言われた、新しいトレーニング計画だった。

「三日前から作ってたんだ。まだ入力していないところもあるし、細かいところは、これから修正していくけど」

「圭……どうして」

「部長とも話をしてね。坂場先輩はどうせExcelとか使えないだろうし、作っちゃおうかなって」

いつの間にか坂場先輩が、こっちに這《は》って来ていた。計画表を覗《のぞ》き込み、あ、とか、う、とか複雑な声を発している。

「圭……お前……いいやつだな。……ありがとうな、圭。なあ、ありがとう、ありがとうな」

過剰なまでに彼は感激していた。ちょっと涙ぐんでさえいる。

「圭、これからは、おれがお前の脚になってやるよ。おれが、どこへでも、おぶって連れてってやるからな。それから退院おめでとうな。これからはおれが、どこへでも連れてってやるからな」

「そんなのいいですよ、先輩」

圭の計画表には、食事のメニューまで付いていた。頼もしい。頼もしすぎる。

「おれ……、ずっと自分の怪我を、受け入れられなかったんです」

圭は坂場先輩を見た。

「だから入院中も、部長に〝絶対に間に合わせる〟って言い続けてました。本番のパイロットは誰にも譲りたくない。飛びたい、絶対飛びます、ギプスのままでも飛びますって」

圭は左脚のギプスに目を落とした。

「でも何日か前、部長に聞いたんです。ゆきなちゃんが言ったこと。フライトはもう始まってるって」

顔を上げた圭が、わたしに目を移した。

「それで僕は、自分の怪我をちゃんと受け入れようって思えた。今の自分には、怪我を受け入れることが、飛ぶことだってわかった。パイロットは来年、また目指せばいい。今はチームのために、自分にできることを全力でやろう、撤退する勇気や覚悟を持とうって」

笑う圭の胸元で、いつものペンダントが光っていた。

「パイロットは、機体を墜《お》とさなきゃならないこともあるんだし」

「……圭」

「それに、ゆきなちゃんにだったら譲れるよ。ゆきなちゃんにだったら、飛んでほしいって思える。悔しいけど、凄《すご》く悔しいけど、先輩とゆきなちゃんにだったら、自分の思いを全部、託せます」

涙が溢《あふ》れそうだった。よかった。わたしはこの人に誘われて、このチームに入れて、本当によかった。

「これからおれは、翼なきバードマンとして、二人を全力でサポートしますよ」

「ありがとう、圭。すごく頼もしいし、嬉しい。ありがとう」

「なあ、圭」

坂場先輩は、ずずっ、と洟《はな》をすする。

「どこか行きたいところはないか？　連れてってやるぞ。トイレは大丈夫か？」

「だから先輩、それはいいですって」

涙ぐむ先輩を見て、圭はにこやかに笑っていた。わたしはそっと涙を拭《ぬぐ》う。圭が戻ってきてくれたことが嬉《うれ》しかった。また三人になれたことが嬉しかった。

「あ、それでね、ゆきなちゃん。早速なんだけど、今までどんなトレーニングをしていたか教えてほしいんだ。あと直近の出力と、体重も。あとさ、近いうちにAT値も測りにいこうよ」

「うん、わかった」

AT値というのが何だかわからなかったけど、わたしは頷《うなず》いた。

「これから、びしばし鍛えちゃうけど、大丈夫？」

「うん！　ときどき優しくしてね」

あははっ、と笑う圭の手元のトレーニング表を、わたしは覗き込む。

トレーニング表を中心に顔を付き合わせ、わたしたちはこれからのことを早口で話し合っていった。AT値を意識することの大切さ。ロング・スロウ・ディスタンスと、ATスピードトレーニング。圭の用意してくれた計画を説明してもらい、一つ一つ納得していく。

今までのトレーニングが、それほど的外れではなかったみたいで、ほっとしていた。

負荷のことはそれほど意識する必要はない。心拍数に注意し、乳酸をなるべく出さないよう、無酸素運動の手前で自転車を漕《こ》ぐ。そのことにより、心肺機能と持久力を高める。短距離の筋肉である速筋よりも、持久筋を意識してトレーニングする。漕ぐ技術を高めることも大切で、それはパワー不足を大きく補ってくれる。

その日、圭は早速、わたしのエアロバイク漕ぎに立ち合ってくれた。

「左足、もっとペダルを拾って！」

気合い、とか、ぐわっと、とかとは違って、圭のアドバイスは的確で、わかりやすかった。坂場先輩は得意げな顔をして、部室にトレーニング表を貼りに行った。

五月二八日——。

朝、夕、とＬＳＤで二時間半ずつ漕ぐ。圭が付きっきりで指導してくれる。ＬＳＤでのトレーニングを続けることで、やがて同じ心拍数でも、強く漕げるようになるらしい。特に筋トレをした翌日や、疲労が残っている日は、ＬＳＤで漕ぐようにする。教わったことをメモしておく。

・LSDってのは、ロングとスロウとディスタンスの略。長く、ゆっくり、距離を漕ぐ。
・最大心拍数は仮に、二二〇マイナス年齢で、求められる。わたしは二〇〇くらい。
・最大心拍数の六五～七五パーセント値で、一時間以上漕ぐ。時間は長いほどよい。わたしは一三〇～一五〇の心拍数で漕げばいい。一四〇を狙って漕ごう。
・回転数は九〇rpmで。軽めの負荷でいい。
・目的1、筋肉中の毛細血管を増やすことで、酸素の摂取量を多くする。酸素を多く取り込めるようになれば、その分、大きいパワーが出せるようになる。
・目的2、疲労の回復を促進させる。乳酸を処理する酵素を増加させ、ヘモグロビンが二酸化炭素を排出させる働きを高める。
・目的3、脂肪をエネルギーに変える代謝機能を向上させる。

五月二九日――。
ATスピードトレーニングを教わる。ATスピードトレーニングの運動強度を体で覚えてしまえば、通学などにも応用可能だ。メモメモ。

・とにかくAT値を意識する。AT値は正確に測りに行ったほうがいいが、仮に最大心拍数の八〇パーセント、一六〇くらいとする。
・自転車を漕ぐのは有酸素運動で、エネルギーは脂肪を使うのがいい。AT値の手前まで、つまりわたしの場合、心拍数が一六〇まではエネルギーとして脂肪が使われる。それを超えるとブドウ糖が使われる。ブドウ糖が使われると、乳酸が出て、筋肉痛になる。
・AT値のぎりぎり手前で、自転車を漕ぐのがATスピードトレーニング。
・回転数は九〇～一〇〇rpmくらい。
・トレーニングを始めて一五分くらいまでは乳酸が出やすいので、特に注意して、心拍数を上げないようにする。
・心拍数一六〇プラスマイナス三で、二〇分漕ぐ。五分以上、充分にダウンする。これを三セット繰り返す。充分にダウンする。ともかく乳酸を出さないこと。
・目的1、心肺機能の強化。赤血球中のヘモグロビンによる、酸素を運搬する能力を高める。
・目的2、遅筋の割合を増やす。余分な速筋を遅筋的な性質に変える。

五月三〇日――。

気合い一発、インターバルトレーニング。あと筋トレもして、超回復を狙う。圭が考えたメニューをメモする。

・三日か四日に一度、インターバルトレーニングをする。
・心肺機能強化のため、負荷はそのままで、回転数を一一〇rpm以上に上げて漕ぐ。九〇パーセント程度の力で三分漕いだら五分流す。これを五本繰り返す。二〇分休んだら、もう一回。
・筋力強化のため、負荷を一段階上げて、回転数は一〇〇rpmで漕ぐ。九〇パーセント以上の力で、二分漕いだら五分流す。これを五本繰り返す。三〇分程度休んだら、もう一回。
・目的1、速筋を発達させる。フライト中、ところどころで必要になる。
・目的2、運動中の回復力を強化する。発生した乳酸を分解して、エネルギーに再合成する。
・目的3、心臓を強くし、有酸素運動域を広げる。無酸素運動はほとんど続かない。
・これらの激しい有酸素運動をすると乳酸が出て、また筋繊維が傷つく。これにより一時的に能力が低下するが、超回復によって最初よりも強い身体が作られる。超回復には二〜三日かかる。

・つまりインターバルトレーニングや筋トレをしたら、その後二〜三日は休みが必要。その間はLSDやATスピードトレーニングをする。

五月三一日——。

朝、夕、と、ひたすらLSDを三時間。Lucy in the Sky with Diamond!

六月一日、土曜日。

「まじでやんのかよ」

坂場先輩がすごく嫌そうな顔をしていたけれど、全くもって同感だった。珍しく意見の合ったわたしたちは、感じよく微笑む圭に抗議を繰り返す。

「そんなの作ったって、変わらないって。ねえ、考え直そうよ」

「いや、絶対効果あるって。ゆきなちゃんも座ってみればわかるよー」

あはは っ、とかそんな感じに圭は笑うけど、もしかしてこいつもドアホウの仲間なのだろうか。一体どうして、この爽《さわ》やかサラダ野郎は、そんなことを思いついてしまったんだろう……。

　アルバトロスを一センチでも遠くに飛ばすために、部員は思いつく限りのアイデアを出す。そのために提案制度のようなものがあって、圭はそれに応募したらしい。

　圭が去年の九月に出したアイデアは、見事に採用された。まあ、圭がやる分には全然構わない。誤算はわたしがパイロットになってしまったことだ。

　だいたい思いつく圭も圭だけど、採用するほうもするほうだった。バカ正直に図面を描いたフレーム班の人は、本当にこんなのが役に立つと思っているんだろうか……。

「お前な、そんなことする必要が、本当にあるのか？」

「そうだよ。圭が提案したんだから、圭が自分でやればいいじゃない」

「それじゃあ意味がないよ。ゆきなちゃんも先輩も、やってみれば絶対気にいるよ」

「そういう問題じゃなくてな、そもそも発想が、しょうもないんだよ」
　T.S.L.では、ずっとリカンベント式のコックピットを採用していた。座椅子のようなものに座って後傾姿勢で漕《こ》ぐ。機体の操作は手元のスイッチで行うから、マッサージチェアみたいな感じでもある。
　人力プロペラ機っていうと、『E.T.』で自転車が空を飛ぶシーンとか、『魔女の宅急便』でトンボが漕いでいる自転車のイメージがあった。普通の自転車のように漕ぐほうが格好いいというか、夢がある感じがするのだが、リカンベント式のほうが、コックピットの縦寸法を短くできる分、空気抵抗が少なくなる。また力も安定して出せるらしい。NASAの人力飛行機が、この方式で大記録を出してから、トレンドになっているという。

そのリカンベント式で、わたしたちが座るシートを改良するのだという。画期的なアイデアだと圭は言うけれど、しょうもないというか、バカバカしいというか、ともかくわたしは嫌すぎる。

「でもまあ、やってみましょうよ。絶対効果がありますよ、ケツガタプロジェクト」

「その名前がもう嫌なんだよ」

「そうだよー」

わたしと坂場先輩は文句を言いながらも、松葉杖《まつばづえ》をつく圭に連れられて、バス停裏のガレージに向かっていた。いくらわたしたちが嫌がろうが、そのプロジェクトは九か月前から走りだしていて、もう誰にも止められないらしい。

ケツガタプロジェクトというのはアレだ。簡単に言うと、少しでも漕ぎやすくするため、シートの座面を漕ぐ人の腰に合わせようということらしい。まあ人間工学的にも、それは正しいのだろう。だけど、お尻《しり》の型を取って、本当にぴったりのものを作ろうというのは、やり過ぎにもほどがある。

「でもさ、どうせなら、完璧《かんぺき》にぴったりのほうがいいじゃん。自分の型を取るわけだから、究極の人間工学《エルゴノミクス》だよね？」

「わたしは、そんなにぴったりじゃなくていいよ」

「だよな。快適すぎたら、逆に漕げねえよ」

そんなことを言っているうちに、ガレージに着いてしまった。フレーム班の人たちが七、八人くらい、ガレージの中で待ち構えている。

「こんにちはー、よろしくお願いしまーす」

圭は爽やかに挨拶《あいさつ》をした。

「よろしくお願いします！」

フレーム班の人たちは、びしっと芯《しん》の通った声を出した。この人たちは、本当にお尻の型を取るつもりなんだろうか……。

「では早速ですけど、坂場さんからお願いします」

「……まじでか。やっぱやるのか」

先輩はぶつぶつと文句を言いながらも、観念したようだった。

「こっちです」

先輩が誘導された先を、わたしはおそるおそる覗《のぞ》き込んだ。型を取るって一体、どうやるんだろう……。粘土のようなものを使うのだろうか……。

フレーム班の人たちは、青いビニールシートが敷いてある一画を囲んでいた。シートの上に土台板があって、四角い枠が置いてある。枠の脇では、真面目な顔をした男女が、一斗缶のようなものを支えている。

「じゃあ、準備いいですか？」

「……ああ。準備も何もないだろ」

「始めます！　ウレタン流し込んでください！」

びしっ、と芯のある声が聞こえた。同時にクリーム色の液体が、枠の中に流し込まれる。

と、とろーん、としている！　と叫びそうになった。それは時間とともに、何だかどろどろした感じになっていく。枠にウレタンが満ちると、その上にビニールが被《かぶ》せられる。

「どうぞーっ」

嬉《うれ》しそうな声で、フレーム班の人が言った。

「どうぞって、お前な……」

「漕ぐときと同じ体勢で座ってみてください。あとは固まるまで、なるべく動かないでください」

「……まじかよ」

トレーニングウェア姿の坂場先輩は、のっそりと動き、ウレタンの枠に体を寄せた。

枠の外に手をつき、どっこらしょ、と体を反転させるようにする。こっちを向く形になった先輩が、ゆっくりと腰を下ろしていく。

「お、おお？　おおおおーお！」

先輩はおかしな声を出した。

「おい、何か変な感じだな。おー、柔らかいぞ。何か柔らかいぞ！」

「空気椅子みたいでつらいかもしれませんけど、しばらく動かないでください」

「おお。おおー、あったかい！　何かあったかいぞ！　あったかいぞ！」

「ええ、発泡するとき発熱するんです」

「おおー、尻だけ風呂《ふろ》に入ってる感じだな！　おおーお？　お？」

さっきまで仏頂面だった先輩は、何やら急にテンションを上げて騒いでいた。

「あー、何か変な感じだ。んー、何か変な感じだー。ん！　熱い？　いや大丈夫だ。あー」

い、嫌だ！　と思った。何がどんな感じでどんなソレがそうなのかわからないけど、あれをわたしがやるのは絶対に嫌だ。

おー、とか、ああー、とか先輩は騒ぎ、周りと一緒にやいのやいのと盛り上がっていた。わたしはそっとその輪から離れる。

「いよおおおっし‼」

坂場先輩は今日一番の大声を出した。

「いい！　これはいいぞ！　いい！」

ウレタンが固まって、坂場シートが完成したようだった。

「これはまさにマイシートだ！」

振り返って覗いてみると、さっきの枠に、ぽこんぽこん、とリアルな跡があった。

あれが坂場シート！

「完璧だな！　このままシートになるのか？」

「いえ、緩衝材とかをこの上に貼って、完成です」

「いいな！　今までよりも強く漕げそうだよ。なあ、もう一個作ってくれよ」

「はい、予備にもう一個作るつもりですよ」

「そうじゃなくて、練習でも使えるかもしれないしな。あ、家にも一個ほしいな。本を読むときにいいかもしれねえ」

「いいですよ！　五つでも六つでも作りましょう」

「持ち運べねえかな？　授業とか電車待ちとかにも、いいかもしれないよな」

「あー、いいですね。折りたたみ式にしてみますか」

「おう。あと売れねえかな？　おれのケツガタ。みんな欲しいだろ」

「それは無理ですよー、先輩」

「そうかな？　案外、売れちゃうんじゃないの？　売れちゃうんじゃないのー？」

何やら急にノリノリになったドアホウから目を逸《そ》らし、わたしはその場からそっと逃げだそうとする。

「よし、じゃあ、次行きましょう！」

「おう！　じゃんじゃん作っちゃおうぜ」

「あ、いや、でも先輩、次はゆきなちゃんのシートです。先輩と交代で」

「おお、そうだな。……ん、あれ？」

「ゆきなちゃん！」

逃げようとしていたわたしは、圭に呼び止められた。

「次はゆきなちゃんの番だよ」

「嫌！　わたしは普通のシートでいい！」

「ええぇっ、そんなこと言わないでよー、ゆきなちゃん」

「そうだぞ、ゆきなお前、これは凄《すご》くいいぞ。ぴったりなんだぞ」

「ぴったりなのが嫌！　嫌っ！」

大声を出していると、いつの間にか、女子の先輩に囲まれていた。

「大丈夫だよ、ゆきなちゃん。男子には触らせないから」

「緩衝材はうちらが貼るし」

「誰にも見せないようにするから」

「や、いや、でも……、そういうことじゃなくて……」

「ゆきなちゃん、少しでも出力を上げたいなら、どんどん新しいものを取り入れて、やれることをやらないとね」

「あ……で……で、も」

切れ切れの声で言った。出力のこと言われると、ノーとは言いにくいじゃないか。

「ほら！　男子はあっち行って！」

フレーム女子たちは、力強く男子を蹴散《けち》らした。でも、男子がいなきゃいい、っていうことじゃなくて、男子がいてはできないってのが、そもそも嫌だ。というより、ちょっと何か、とにかく嫌だ。

だけど、カーボンパイプのようにしなやかで力強いフレーム女子たちは、ぐいぐいと迫ってきた。

「はい、ゆきなちゃん、こっちだよ」

「い、いや、でもですね、先輩」

とろーん、とした液体が枠に流し込まれていった。しゅわわわわ、と発泡したウレタンが、わたしの尻《しり》の到着を待っていた。

六月二日——。

昨日のことは全て忘れ、気合い一発、インターバルトレーニング。その前にマシンを使って筋トレ。日曜なのに圭が付き合ってくれる。

腿《もも》の前、後ろ、お尻、腰の大きい筋肉を意識してスクワット。胸を張り、背中を弓のように反らせ背中に力を入れる。

フォームを崩さないように！　と圭の指導と激励の声が飛ぶ。終わると圭がスプレーでアイシングしてくれる。まさに筋トレ、って感じだ。

六月三日——。
LSD、朝二時間、夕は三時間漕《こ》ぐ。筋肉痛はあるのかないのかわからないくらい。同じ心拍数でも、強く漕げるようになってきた気がする。

六月四日——。

朝、ATスピードトレーニングを二時間。夕も二時間。圭が付きっきりで、フォームや回し方を指導してくれる。毎日きついけど、ゆきな、ただいま進化中。

六月五日——。
地獄のインターバルトレーニング。死ぬ。

六月六日——。
LSD、朝は二時間。あとは三、四限をサボって三時間漕ぐ。授業後に予定があるときには、授業中にトレーニングするしかない。しかたがない、学業は後期に頑張ろう。

授業後、ガレージで回転試験。カゴに乗って漕ぐ。漕ぐ、漕ぐ、漕ぐ。この前作った、特製ゆきなシートが導入されていたけど、正直、結構快適だった。
途中、ペダルがかくかくするときがあった。チェーンとギアの間で歯とびが起きていたらしい。
チェーンをギアに押しつけるテンショナーのバネの張力を、上げたり下げたりしながら調整。シートの位置も調整してもらう。足回りが重くないか？　とか、つっかえないか？　とか訊《き》かれたけど、あまりよくわからない。未熟なエンジンですいません。

パイロットは夜九時に上がったが、制作チームはこれから調整作業をするらしい。帰っていいものかと迷っていたが、体調管理がわたしたちの仕事だと言われる。

六月七日――。

朝、ATスピードトレーニング。四限をサボって、またAT。

AT値は予測でやっていたけど、心拍数一六四前後だ、と確実にわかってきた。心拍数計を見なくても、体や呼吸の感じでわかるようにもなってきた。

授業後、ER稼動試験に参加。

フレームの後ろに、十字に尾翼が付いていて、垂直尾翼《ラダー》を動かすと、機体を左右に操れる。水平尾翼《エレベータ》を動かすと、上下に操れる。人力飛行機の操作は、つまるところそれだけだ。

コックピットから尾翼までの配線を電装班が終えると、機体に乗り込んで操舵《そうだ》するよう言われる。実際に操舵するのは坂場先輩だが、わたしも覚えるように言われる。尾翼の動作の確認が、何度も行われた。わたしたちは夜九時に上がる。

六月八日――。

午前中、LSDで三時間漕ぐ。午後から重心取り試験。

翼以外を全部付けた状態で、機体を吊《つ》るし、わたしたちが乗る。その状態で機体の重心を確認する。以前は坂場先輩が後ろで圭が前だったわけだから、重心は大分変わっている。調整は大変だ。

phase4

TEAM SKYHIGH LARIAT

「頑張れ！　あと九〇秒！　頑張れ！　頑張れ！」

日曜日の早朝、トレーニングルームに圭の声が響いた。

「もう少し！　頑張れ！　回転上げて！　頑張れ！　ゆきなちゃん頑張れ！　回転上げて！」

ペダルを回すわたしの隣で、圭が檄《げき》を飛ばしてくれる。

「もっと漕いで！　漕いで漕いで！　漕いで！」

心臓も脚もとっくに限界なのだけど、それでも踏み込んで、また踏み込んで、また踏み込んで、その一メートル先を目指す。その一メートル先を目指す。

「まだまだ漕げる。漕いで！　もっと漕いで！　頑張れ！　漕いで！」

限界に挑み続けることで、わたしの限界そのものを高めていく。

「あと三〇秒！　漕いで！　漕いで！　もうすぐ届く！　漕いで！」

汗が落ちて、前が見えなくなる。心臓も脚も血流も言うことをきかなくて、何も考えられなくなる。最後は圭の叫び声だけが、わたしの脚を回している感覚になる。

「漕いで！　あと少し！　漕いで！　頑張れ！　漕いで！　頑張れ！」

うっすらと気が遠くなっていく頃、ゴールが見えてくる。

「あと一〇秒！　一〇、九、八、漕いで！　六——、五——、四——、三——、二——、一——」

何も見えない。何も感じられない。何も聞こえない。

「ゼロ！」

倒れそうに、苦しかった。何も考えられない。このまま目を閉じて倒れてしまいたい衝動を、体の遠くのほうで感じている。

「よく頑張った！　ゆきなちゃん、凄《すご》いよ！　凄い、凄い！」

脚の負荷が急に軽くなるが、呼吸が死にそうに苦しかった。もうだめだ。でも終わった。終わった。苦しい。だめだ。苦しい。

「ゆっくりダウンするよー。力入れなくていいからねー、ゆっくり回そう」

はあ、はあ、はあ、はあ、はあ、はあ、はあ、はあ、はあ、はあ——。

「そのままでいいよー、ゆきなちゃん、前回よりもパワーが上がってるよー」

はあ、はあ、はあ、はあ、はあ、はあ、はあ、はあ——。

「よく頑張った、ゆきなちゃん偉いよー、いいよー、ゆっくり回してねー」

トレーニングは圭が全部プログラムしてくれていて、わたしは馬車馬のように漕ぐだけだ。

「もう少しだけ回してね、楽に回してねー」

ずっとこんなふうに圭が声を掛け続けてくれていることで、わたしはより限界に近付くことができていた。一人でやるよりきつくなるけど、とてもありがたいことだ。

「あと三分だからね」

坂場先輩と圭は、九か月前からこんなことを続けてきた。

たった一回のフライトのために。飛びたいという思いをたった一度だけ、叶《かな》えるために。たった一度だけ、地球の重力に逆らうために。

「もうすぐだよー、もうすぐゆきなちゃんも飛べるよー」

圭がタオルで汗を拭《ぬぐ》ってくれた。

「ゆっくり飲んでねー」

ストローの付いたスポーツドリンクが、わたしの口元に近付く。一口だけ吸って、体温に馴染《なじ》ませ、ゆっくりと飲み込む。はあ、はあ、はあ、はあ――。

「ゆきなちゃん、今、飛びたいでしょ?」

うん、と首だけ動かして答える。脚が尋常じゃなく熱を発している。

「きっと高く飛べるよ、ゆきなちゃんは」

頭にまだ血が回ってないのか、何も考えられなかった。

「もうちょっとだからねー。あと一分」

だけどわたしの体が飛びたがっていることに、わたしは気付き始めている。

充分にアイシングをして、ゆっくりと筋肉をほぐし、アミノサプリ飲料を飲んだ。呼吸や鼓動が戻るのに三〇分くらいかかる気がする。呼吸が戻っても、体が重くて、なかなか立ち上がることができない。

「ゆきなちゃん、そろそろ、行こうか？」

「……うん」

重い体を持ち上げ、またアミノサプリ飲料を一口飲む。

「先輩、行きますよー」

ゆらーり、と、坂場先輩も大きな体を起こす。

ひょこ、ひょこ、と器用に松葉杖《まつばづえ》を使う圭に先導され、わたしたちはゆっくりとトレーニングルームを出た。お腹を空《す》かせたときの坂場先輩は、ほとんど何もしゃべらない。

六月の空が輝いていた。分厚い雲の向こうの太陽が、もうすぐ夏であると告げている。暑い夏がやってくる。あと五十数日で、わたしたちは鳥人間コンテストの本番を迎える。

キャンパスの芝生広場まで来ると、圭は杖を支えにしながら、左脚を投げ出すようにしてしゃがんだ。わたしと坂場先輩はそれぞれ圭の両隣に座る。

わたしたちはしばらく、黙って空を見上げた。持っていた炭酸水を、坂場先輩が飲む。

「まだかな？」

「メールしといたから、もうすぐ来ると思うけど」

わたしたちは和美と待ち合わせをしていた。日曜は生協は休みなので、食事を取ることができない。だからそれぞれ簡単なものを作って持ってくることにしていた。

わたしはおにぎりを握ってきた。圭は鶏のムネ肉を茹《ゆ》でてきたらしい。和美には大量の海藻サラダを作ってくるよう頼んである。坂場先輩は大量の炭酸水を持ってきた。

「——ら減った」

消え入りそうな声で坂場先輩は言い、ごろん、と横になった。

日曜のキャンパスに人影はほとんどなかった。だけど体育館での走行試験のために、T.S.L.のメンバーは、ほぼ全員がどこかにいるはずだった。多分数十人は体育館に、また数十人は四号館の地下に、また数十人はバス停近くのガレージに。

「……あ、和美ちゃんかな？」

ガレージのほうから、つなぎを着た誰かが歩いてきていた。こっちに向かって、手を振っている。ゆきなー、と小さく声も聞こえる。

　わたしが手を振り返していると、坂場先輩がむくりと起き上がった。圭とわたしは持ってきた包みを取りだし、和美を迎える。青いつなぎを着た和美の胸には、『カズ』と書かれたワッペンが縫い付けられている。

「ゆきな、久しぶりだねー」

「うん、久しぶりー」

　わたしたちは同じ学科なのに、最近あまり顔を合わせていなかった。わたしは授業を欠席しがちで、出たときには和美が休んでいたりした。

「ねえ、こんなにたくさんサラダ作ったの初めてだよ」

　リュックを下ろした和美が、中からタッパーを取り出した。

「……ん？　でも、そんなでもなくない？」

　出てきたのは、それほどでもない大きさのタッパーだった。

「中にまだあるから。あとは袋に入れてもってきたの。凄い量だよ。レタス丸ごと二玉使ったから。海藻もバカみたいに多いよ」

　赤いキャップの塩のボトルを出しながら、和美は笑う。

「和美も塩でいいの？」

「うん、わたしも付き合う。あれ、おにぎり少なくない？」

わたしは小さめのおにぎりを六個、握ってきていた。

「和美と圭は二個食べてね。先輩はこれ。一個だけど、ちょっと大きく握ってあげましたよ」

「……おお」

坂場先輩はみんなよりちょっと大きいおにぎりに手を伸ばす。

「こっちはいっぱいあるよ」

巨大なタッパーを圭が開くと、鶏のムネ肉が出てきた。

「味は塩だけだけど、昆布だしを大量に使ったから」

「へえー美味《おい》しそうー」

和美は嬉《うれ》しそうな顔をするけれど、わたしはもうこの肉に飽きすぎてしまった。

「先輩、ゆっくり食べてくださいね」

「……わかってるよ」

もぐ、もぐ、もぐ、と私たちはゆっくり、ちょっと変わったお弁当を食べた。すっかり飽きてしまったメニューだけど、こうやって芝生の上で食べると、やっぱり美味しかった。

「おれと先輩って、もう、鶏を何羽食べたんですかね？」

「……さあな」

もぐ、もぐ、もぐ、もぐ、もぐ。

「和美ちゃんのところは、作業は大丈夫なの？」

「はい、プロペラ班は一時間休みです。圭ちゃん先輩たちは？」

「パイロットはまだまだ先。三時間、出番待ちだよ」

「へえー、待つのも大変ですねえ」

もぐ、もぐ、もぐ、もぐ、もぐ。

「ねえ、ゆきな、何だか格好良くなってきたね。体が凄《すご》く締まってきて」

「……ほんと？」

トレーニングウェア姿のわたしを、和美は上から下まで見るようにした。自分でも筋肉が付いてきたのはわかっていた。締まってきた、と言われるのは、ちょっと嬉しい。

ただ脚が太くなったとかそういうことはあまり考えたくないので、もうずっとデニムなどは穿《は》かないようにしてきた。きっと昔のものは穿けなかったり、きつかったりするだろう。

というより最近、わたしは大学でずっとジャージにサンダル姿だ。トレーニングウェアとビンディングシューズで登校して、朝練が終わったら、ロッカーに置いてあるジャージとサンダル姿になる。モテとかキュートとかゆるふわとかそういうのは、後期から頑張ろう、と誓っている。

「わたしなんか最近、太っちゃってさあー。夜中に二郎《じろう》に行ったりするせいだけど」

「二郎？」

「うん、フレーム班の人に誘われるんだよ。ラーメン二郎、知らない？」

ラーメンと聞いて、はっ、と思い、坂場先輩を見やった。前にこの人は何かでラーメンの話になったとき、おれの前でラーメンの話をするな！と、燃えあがる中華鍋のように怒っていた。だけど今はもぐもぐしている最中だからか、特に気にしていない様子だ。

「ラーメン二郎はね、オオブタダブルヤサイマシマシ、ヤサイマシマシアブラカラメニンニク、オオモリマシマシブタマシダブル」

和美はおかしなことを言った。

「……なにそれ呪文《じゅもん》？」

「違うよ、そうやって注文するんだよー。フレーム作ってる人って、やたら食べるんだよ」

あはははっ、と、圭が笑った。

「確かにあそこは大食いだね。重いもの運んでるし、うちで一番、体育会だよね」

「ですよねー。あとフレーム班の人って、どこでも寝ますよね。部室とか作業場に泊まっちゃうのはまだいいけど、床で寝るし、女子なのに校舎の横で寝てたりするし」

「だねえー」

圭はのんびりした声を出す。

「和美の、プロペラ班は、どんな感じなの？」

しゃく、しゃく、しゃく、とレタスを食べながら、わたしは訊《き》いた。

「うちはロマンチストが多いっていうか……あ、でもとにかく、難しいこと言う人が多いかな」

「……ああ、なるほど」

プロペラ班出身のペラ夫さんのことを思いだしていた。

「あのね、だってね、今年のプロペラって、去年までと設計方法が違うんだけど、知ってる？」

「ううん、全然知らない」

それから和美は棒読み気味に説明してくれた。

「えっとね、指定した条件下におけるプロペラの最適形状設計プログラムを、区分求積法から、シンプソン積分法に変えたの。区分求積法ってのは、関数を微少区間に分けて長方形の和で積を近似するけど、シンプソン積分法では二次関数で近似するから、誤差を小さくできるし」

もぐ、もぐ、もぐ、もぐ、もぐ。

「それに区間幅を大きくしても同様の計算結果が得られるから、分割数を少なくできて、プログラムの計算時間を、一時間から数分に短縮できたの。プロペラの設計って、回転数、回転半径、それから迎え角なんかの変数の最適組み合わせを見つけださなきゃでしょ？　少しずつ条件を変えながら計算するには、すごくいい方法なの。あと今年はカーボンクロスの積層数を三から二に減らしたよ」

うん、うん、とわたしは頷《うなず》き、うん、うんと圭も頷いた。プロペラ班の人は、とにかく難しいことを言う人が多い。

「でもプロペラって凄くきれいなんだよ。一番誤差が許されないパーツだし、その分、工芸品みたいになるのかなー。最近知ったんだけどね、実際、本当に美しさにこだわって作っていて、それが風を生むことにも繋《つな》がるんだって。表面の精度とか、塗装もできるだけ美しくしようとしてるし。何かほんと完成品見ると、うっとりしちゃうよ。きれいなんだよねー」

和美は本当にうっとりした顔になっていた。

「だからゆきな、あの子を、いっぱい回してあげてね」

「……うん」

塩化ビニル樹脂やカーボンでできたプロペラのことを、和美は〝あの子〟と呼んだ。

「あの子は、ゆきなたちに回してもらうために、生まれたの」

日曜のキャンパスに吹いた六月の風が、和美の髪をそっと揺らし、去っていった。

「だから、一回転でも多く、回してね。いっぱい回してね」

「……うん、回すよ」

和美の愛するプロペラを、力尽きるまで回そうと誓う。だけど和美が何年か経って伝説の部員になって、ペラ美さんとか呼ばれませんように、と私は願う。

もぐ、もぐ、もぐ、もぐ。

「プロペラは今、体育館なの？」

圭が和美に訊いた。

「はい。もうフレームに組み込んだから、作業自体は終わってますよ」

しゃく、しゃく、しゃく、しゃく、しゃく。

おにぎりも鶏肉もなくなって、残っているのはサラダだけだった。しゃ、しゃ、と坂場先輩が、海藻に塩を振る。彼は黙々とサラダを食べ続けている。

「あ、マイメロ先輩だ」

「マイメロ？」

顔を上げると、白いパーツを運んでいる女の人がいた。和美と同じ青いつなぎを着ている。

「マイメロちゃーん、おつかれ！」

圭が大声をあげて手を振ると、彼女もこちらを向いて、どもども、と会釈をした。ガレージのほうからやってきた小柄な彼女は、よいしょよいしょと大きいパーツを運んでいる。何だか可愛らしい先輩だ。

「可愛いですよねー、マイメロ先輩。何かおっきいもの運んでるし」

「あははっ、確かに。可愛いねー」

「なんかマイメロ先輩見ると、欲しいって思っちゃうんですよ。うちに欲しいーって」

「ああー、わかる。ストラップに付けたいよね」

確かにあれは欲しいかもしれない、とわたしも思った。おねがい、マイメロ先輩。しゃく、しゃく、しゃく、しゃく、しゃく。

「どうしてマイメロ先輩っていうの？」

と、わたしは圭に訊いた。

「んー、何だっけな」

圭は首を捻《ひね》る。

「グッズ持ってたとか、頭巾《ずきん》みたいなの被《かぶ》ってたとか、そういう理由だと思うけど」

「ホントは何て名前なの？」

「……知らない」

「わたしも知らない」

「え、なんで知らないの？」

「制作チームって一〇〇人近くいるからさ。みんな覚えられないから、最初にあだ名を付けて、それで通すんだよ。ワッペンみたいなの付けて。本名は知らない人が多いの」

和美のつなぎにも『カズ』と書いた名札が縫い付けてあった。

「和美ちゃんはカズだからラッキーだったよね」

「そうかもー。みんな普通に呼んでるけど実際、適当っていうか、ひどいあだ名もありますよね。七番先輩とか、ポッキー先輩とか」

「あー、テニスとか、ネグセとか、ペットとかも適当だよね」

「ペット？　ネグセ？」

「うん、呼び名を決めるときに、たまたまペットボトル持ってたり、ネグセがあったりするとね」

「……へえー」

それで四年間、ペットー、とかペットくんとか、ペットさんとか、呼ばれてしまうのだろうか。何年か経って再会しても、おおー、ネグセー、とか呼ばれてしまうのだろうか。

「それにしても、ゆきなって、何も知らないんだねえー」

「……ごめん。わたしずっと、漕《こ》いでばっかりだから」

「ううん。ゆきなが頑張ってるのは、みんな知ってるよ。制作チームでは、ゆきな有名だから」

「え、そうなの？」

「そりゃそうだよー。うちを代表するパイロットなんだから。注目の的だよ」

タッパーに野菜を補充しながら和美が言った。坂場先輩が、じっとそれを見つめている。

「んー、でも、何かそれ緊張しちゃうよ」

「しょうがないよ、パイロットの宿命だよ」

和美はわたしの肩を、ぽんぽん、と叩《たた》く。うんうん、と頷いた圭も、わたしの肩を叩く。

「……わたしも、なるべくみんなの名前とか、覚えたいな」

「あー、でも、いっぱいいるからね。おれも全員なんてわからないし」

圭は爽《さわ》やかに言った。

「でもね、ゆきな。名前はワッペンに書いてあるし、だいたい何班なのかもわかるよ」

「どうして？」

「マイメロ先輩だったらフェアリング班。つなぎが白っぽくなってるからわかっちゃうの。いつも発泡スチロールとか、ポリスチレンとか削ってるから」

「そうそう。通学のときはフェミニンなワンピースとか着てるけど、夜中に青いつなぎ着てマスクして、体や髪を真っ白にしながら、グラインダーでうぃーんって削ってるからね。何か凄《すご》いよ」

「……へえー」

「おれなんかには想像つかないけど、フェアリングの加工って多分、凄く難しいんじゃないの？」

「そうだと思います。三次元流体解析ソフトとかで、設計してるみたいですけど」

流体……。授業で異常に難しく感じた『流体力学概論』のことを少し思いだした。実際にアルバトロスに応用されているって思ったら、頑張ろうという気にもなるけど……（後期から頑張ろう）。

「あと、暑さ対策のために、中に取り込む空気の流れも考えなきゃだし、脱出しやすいように壊れやすくしなきゃならないしね。難しいよね、きっと」

「そうですよねー」

和美は最後に残った野菜を、タッパーに盛り付けていた。坂場先輩は塩を片手に、和美の作業を見つめている。

「あと、つなぎがきれいだったら、間違いなく電装班だよね。彼らは加工とかじゃないから。何してるか、外からはあんまりわかんないんだよね」

と、圭は言った。

「そうなんですよ！　電装班の人って怪しくて、ときどき実験が成功すると大声で喜んでるから、あ、いるんだ、って感じで。学校からすごく離れたところで、通信テストとかしてるし。何か軍事衛星と通信実験とかしてるし」

「軍事衛星⁉」

「うん、アルバトロスの位置を知るためのG.P.S.。積んでるでしょ？　知らないの？」

「いや……知ってるけど……何かどこかで売ってるのを付けてる感じだと……」

「G.P.S.も高度計も全部自作だよ」

和美は簡単に言った。

計器のたぐいは、ほとんど1stパイロットの坂場先輩の前にあって、今まであまり気にしていなかった。だけど、そういうことも知っていかなきゃな、と思う。

「あとフレーム班は、つなぎが黒いですよね？　特にカーボンいじってる人は」

「うん、何か防毒マスクみたいなのして、削ってるからね。あれ、洟《はな》かむとティッシュが真っ黒になるらしいよ。健康診断で、吸ってないのに、たばこをひかえるようにって言われるらしいし」

あははっ、と、圭は笑う。あんまり笑い飛ばせる話ではないと思うけど。

「みんな一年間、ずーっと作り続けてるからね。だんだん職人みたいに、技も凄くなるし」

「そうですよねー、一年中、翼のリブ作ってる人とかいますしね」

琵琶湖で大空に挑むために、全ての部員がそれぞれの場所で努力を続けている——。きっとそのことは、言葉にしたときが一番、軽く聞こえてしまうようなことだ。『風林火山』で坂場先輩が言っていた一センチは、本当に遠くて重い一センチだったのだろう。

「うん。あとはね、」

圭はわたしを見た。

「庶務班の人ってビジネスマンみたいな感じだよ。会計やったり、広報やったり、外部と折衝したりしてるからさ。彼らが管理している、アルバトロスの材料費って、いくらくらいかわかる？」

訊《き》かれたけど、見当もつかなかった。

「だいたい四〇〇万円くらいかな。スポンサーに部材を提供してもらったり、大学と付き合いのある業者さんに格安で売ってもらったり、建築部材を流用したりって、いろいろ工夫はしてるんだけど、それくらいはかかっちゃう」

「……凄い、ね」

「前に人件費を入れて計算してみたら、一機一億円を超えちゃったらしいけど」

しゃく、しゃく、しゃく、しゃく、しゃく――。驚く私の横で、その音が小さくなっていく。

しゃく、しゃく、しゃく、しゃく、しゃく、しゃく――。

やがて全ての食材を食べ尽くした坂場先輩が、ふぅ、と息を吐いた。同時に、びゅう、と風が吹く。

「――あ、」

遠く、青くて透明な翼が見えた。

数人の部員が、頭の上に翼をかついで移動していた。四号館から出てきた五メートルくらいの翼のパーツは、ゆっくりと列になって体育館を目指す。それらは体育館で一つになって、アルバトロスの両翼となる。

「……きれいだね」

「うん、きれい」

移動を指示する人や、周りで進路を確保する人もいて、慎重にその作業をしていた。

「今年の主翼って左右に広げると、四〇メートルだからね。大きいよね」

プロペラから尾翼まで、アルバトロスの縦の長さは一〇メートルくらいだ。二人乗りの体重を支える翼は、その四倍と、想像以上に大きい。

「でもね、ゆきな。翼って軽いんだよー」

移動する翼を見つめながら、和美が言った。

「そもそもアルバトロスって、あんなに大きいのに、全体で八〇キロとかだし」

「……へえー」

確かにそれは驚くべきことかもしれなかった。全長一〇メートル、全幅四〇メートルの巨大な飛行機が、坂場先輩一人と同じくらいの重さなわけだから。

「アルバトロスは半分くらい、風でできているんだよ」

と、和美は言った。プロペラ班の人はロマンチストが多い。

わたしたちはしばらく、風でできた翼を見守った。しなやかで軽そうな翼が、六月の光を反射してきらきらと光っている。

「パイロットも減量するけどさ、制作チームも凄く細かいところまで、知恵を絞って、軽量化してるよね」

「そうですね。わたしがこないだちょっと驚いたのは、今年から電装班が通信ケーブルを自作してて。何のためかと思ったら、全部のケーブルをぴったりな長さにするためで。長さがちょっとでも余ると、その分、一〇グラムとか重くなるからって」

「へえー」

いろいろな思いが機体に集まって、空を目指している。きっと本当にもう、フライトは始まっている。

「……じゃあ、わたし、そろそろ戻ろうかな」

和美は微笑みながら、よいしょ、と立ち上がった。

「ゆきな、圭ちゃん先輩、また後でね。坂場先輩、いっぱい食べてくれてありがとうございます。まさか全部なくなるとは、思わなかったです」

「……おお」

坂場先輩は久しぶりに口を開いた。

空になったリュックを背負い、和美は手を振って、ガレージのほうに向かって歩いていった。一度だけ振り返って、後でねー、と声を出す。残ったパイロット班の三人は、まだまだ続く翼の搬入作業を、ぼーっ、と眺める。

「……あのさ、一つ提案があるんだ。先輩も聞いてください」

あらたまった感じの主に、わたしと坂場先輩は顔を向ける。

「これから朝の練習を、もっと早い時間にやりませんか？」

「え……早いって、どれくらい？」

「あのね、当日のフライトって、朝五時、日の出とともにスタートなんだ。だからそこにベストを持っていく意味でも、普段もせめて、それくらいの時間に練習を始めるのがいいと思うんだ」

「……え」

　圭は本気のようだった。パイロット班としても、できることは全部やろうということなのだろう。

　五時……。五時に練習を始めるってことは、何時に寝て、何時に起きればいいのだろう……。

「そうだな、やってみるか」

　意外なことに、坂場先輩があっさりと答えた。それから圭に見つめられたわたしも、黙って頷《うなず》く。

　やれることは全部やって、当日を迎えたかった。

「当日、晴れるといいよな」

　と、坂場先輩が言った。

「そうですね」

　圭が答え、わたしも黙って頷いた。

　翼の搬入作業は大詰めを迎えているようだった。右に振ってー、と指示する声が遠く聞こえる。雲から顔を出した太陽が、わたしたちの影を濃くしていく。翼は体育館の中へ吸いこまれていく。

「もうすぐ完成ですかね？　見に行きますか？」

と、わたしは言った。

「完成じゃないんだよ、ゆきなちゃん」

と言った圭が、坂場先輩を見やった。

「そうだな。おれとお前は、アルバトロスの完成を見られない」

どうして、と訝《いぶか》るわたしに圭が教えてくれた。

「パイロットが乗り込んでフェアリングを閉じた状態を、〝機体の完成〟って言うんだ。だからパイロットは完成した機体を、外から見ることができないんだ」

……なるほど、と思う。わたしと坂場先輩はエンジンで、アルバトロスの一部なんだ。

これから翼がフレームに取り付けられ、パイロットが乗り込み、アルバトロスは久しぶりに〝完成〟する。それから体育館で一〇メートルくらいの走行実験をする。それはあの事故以来、中断されていたテストフライトに向けての、リハーサルを兼ねている。

太陽は再び雲に隠れ、夏の予告みたいな六月の風が、わたしたちに吹いていた。

六月一〇日――。
昨日は早く眠ってしまって日記をつけられなかったが、走行実験は無事終了。今日は五時前に起きたため、超眠い。練習はＬＳＤ。夜は九時に寝るのが目標。
六月一二日――。
気合い一発、限界までインターバルトレーニング。本番まで、あと一四回くらい、インターバルトレーニングができる。つまりあと一四回、超回復に期待できる。
六月一四日――。
ＡＴスピード。朝五時に家を出る。早朝トレーニングは涼しいのがいい。疲れているから、早く寝るのはわりと簡単だ。
六月一六日――。

ここのところ、坂場先輩が全然口をきいてくれない。何か訊《き》いても、頷いたりするだけ。かなり限界まで体を追い込んでいるようだ。

六月一九日——。

気付けばエンジン重量の目標を、クリアしていた。筋肉を増やしながらの減量だったから、先輩は凄《すご》く大変だっただろう。

六月二一日——。

インターバルトレーニングと筋トレ。

わたしと圭のパワー差を、坂場先輩は埋めようとしている。

わたしが頑張れば、その分、この人が楽になる。わたしたちはパートナーだ。

六月二三日——。

緊張のテストフライト初参加。

転がし二本、滑走五本。それからジャンプをしようとしたが、機体が右に逸《そ》れたため、浮上前にストップ。ジャンプ二本目も同じ挙動をしたため、続行は危険という判断がされた。計九本で終了。

ジャンプしたかった。

六月二六日——。

ATスピード。最近、AT値そのものが上がってきた感じがする。

六月二八日——。

LSDでひたすら漕《こ》ぐ。前よりも心拍数が上がりにくくなった。いい傾向らしい。技術の向上も感じる。パワーも上がっている。

六月三〇日——。

アルバトロス、三度目のテストフライト。

転がし一本、滑走四本のあと、ジャンプを三本。初めて浮上を経験したけど、感動の体験だった。アルバトロスの滑空性能が高いことが、確認された。

七月二日——。

LSDを計六時間。ピークを過ぎて体が慣れてきたのか、坂場先輩がようやくしゃべるようになってきた。お腹がいっぱいのときは、ちょっと優しいくらいだ。

「左翼の迎え角が右翼に比べてねじれてしまう問題を解決しました。他に大きなトラブルはないが、上半角量を若干減らす予定です」

雨が降ったりやんだりしている中、幹部会が行われていた。四度目のテストフライトに向けて、各班長がそれぞれの報告を行っていく。

「それからラダーのデザインは終了。明後日《あさって》のテストフライトで初披露になります」

細かなセッティングを詰めていったり、デザインを入れたりして、機体は本番仕様に近付いていた。ラダーというのは舵《かじ》のことだ。ちょっと前までは会合に出ても宇宙人の会話を聞いている気分だったけど、最近ではほんの少しわかる。

「じゃあ最後に、パイロット班、お願いします」

「はい」

返事をした坂場先輩が手元の資料に目を落とした。圭の作った資料を読み上げるときの彼は、いっぱしの班長の顔をしている。

「重量は最終目標一二五キロをクリアした。今後もこれをキープする予定。そして出力だが――」

　エンジンの仕上がりは、幹部会最大の懸案事項だった。全員が固唾《かたず》を呑《の》むように、彼の発する言葉を待っている。

「途中目標をクリアした。また、最終目標の下限もクリアしている。計測したところ、計五三〇ワットで、三〇分を超えて漕ぐことができた。今後のトレーニングでは、この時間を延ばすことを考える。本番までに必ず、到達目標を達成する」

　おおー、と声があがり、拍手が湧いた。部室に満ちているのは、驚きというより、安堵《あんど》の感情なのかもしれない。最終目標の下限をクリア――。つまりアルバトロスは飛べるだけの動力を、ついに得たことになる。

「よーし、じゃあ、いい報告を聞いたところで、締めようか」

　部長のメガネが、きらーん、と光った。

「幹部会終了、いつもの行きます」

　幹部たちに遅れることなく、わたしも腕を前に伸ばした。

「フライトはもう始まっている。T.S.L.、スカーーイ」

「ハイっ！」

　小さな部室に、空を目指す青春の声が響いた。

「おお！」

「ゆきなちゃん、よくやった」

「はい、でもまだまだ頑張ります」

「頑張ったね、おめでとう」

「坂場！」

「なんだよ」

シュウさんと坂場先輩が、ばちん、と強く手を合わせた。それから、ぱんぱん、と各班の班長たちも先輩にハイタッチして、わたしとも手を合わせていく。

「あとは操舵《そうだ》に、もっと慣れてもらわないとな」

「だな、明後日、晴れるといいんだけど」

テストフライトはあと二回予定されていた。その一回目が明後日なんだけど、心配なのは天気だった。梅雨はまだ去らず、今日も雨がぱらついている。

天候が悪いと、テストフライトは中止になってしまう。幹部たちは壁際のベンチにばらばらと腰掛ける。

「……まあ、天気ばっかりはな」

坂場先輩は部室の床に、完璧《かんぺき》にぴったりと腰を下ろした。ぽこんぽこんと二つの丸い凹《へこ》みのある坂場シートを、この人は部室に常備したのだ。

「ハック、明日《あした》の予報は？」

問われた電装班長、ハック先輩の細いメガネに、スマートフォンのモニター光が白く反射した。

「ホンダエアポートのピンポイント予報、明後日未明にかけては雨。早朝は曇りときどき雨。六時時点の降水確率は五〇パーセント。ほぼ無風」

改造スマートフォンを操るハックさんは、だいたいどんな質問にも一・三秒で答えてくれる。

「降水確率五〇パーセントってのは、どっちなんだろうな」

「実は何も言ってないのと同じだな」

「どちらにしても、組み立ては、雨の中での作業を覚悟したほうがよさそうだねえ」

「様子を見て、行けたら行くって感じか」

「ああ」

部室は急にどんよりした空気になっていた。テストフライトが一回流れてしまうというのは、パイロットにとってはもちろん、どの班にとってもかなり痛い。だけど雨とか風とかは、わたしたちにはどうすることもできない。

「うーん、なんか、すっきりしないな」

「そうだな……」

最後は天候、というのは、圭にも何度か聞かされていた。どれだけの思いや努力や計画があっても、競技の最後は自然現象との闘いになる。フライトは当日の天候に大きく左右されるし、中止だってあり得ることだ。

「んー、けど、それは今、考えてもしかたがない」

部長はメガネのブリッジに手をやった。

「それよりエンジンが仕上がってきたんだ。お祝いも兼ねて、アレいくか？」

「ん、何？　もしかしてマックファイト？」

「いいね！　やろうぜ！」

「久しぶりだな」

「よっしゃ、ここらで一発、気合い入れるか」

「そのへんに残っているやつら、四号館に全員集めよう。ガレージのやつらも」

「ハック、連絡！」

ハックさんは言われる前から、部室の端にある巨大なトランシーバーで何やら連絡を始めていた。

えーとそのマックファイトってのは何かな？　と坂場先輩を見ると、盛り上がる幹部たちの中で、彼だけが怒りの炎を燃やしていた。

「待てよ、お前ら！　マックファイトとか、おれらに関係ねえだろうが」

「まあまあ、坂場、今日はお前らのお祝いなんだからさ」

「だから、言ってんだろ！」

「いいじゃん、見学してろよ。それかサラダでも食ってろよ」

「ふざけんなよ」

「ハック、マックの番号は？」

右手に持った巨大なトランシーバーでガレージと通信しながら、ハック先輩は左手でスマートフォンを操った。やがてそのスマートフォンを受け取った部長のメガネが、きらーん、と光る。

「もしもし、注文いいですか？　ええ、ええ。はい。ハンバーガーを、三〇〇個お願いします」

さ、三〇〇個⁉　ぎょっとするわたしの隣で、坂場先輩が、ちっ、と舌打ちする。

「いえ、はい。ええ、ちゃんと取りに行きます。T.S.L.って店長に言ってみてください。あ、あとサラダを二つ。いや、サラダは一〇個でお願いします。あ、塩ってありますか？　あ、はい。はい、では一時間後に。はい。ああ、袋詰めはしなくていいですから」

部長が電話を切るのと同時に、何人かの幹部が部室を走って出ていく。

「……お前、なに勝手に塩頼んでんだよ。おれはサラダなんて食いたくねえんだよ」

「まあ、そう言うな」

部長は、ぽんぽん、と坂場先輩の肩を叩《たた》く。

「よくやったな、坂場。ちょっとはお祝いさせてくれよ。本番も任せたぞ。ゆきなちゃんも本当によく頑張ったね」

部長はこっちを見て、にっこりと笑った。通信を終えたハック先輩が部室を出ていく。

「圭は今日はいないのか？」

「今日は病院です。ギプスが取れるんです。それよりあの……これから何が始まるんですか？」

「まあ、すぐにわかるよ」

ときどき突発的に巻き起こる、宴《うたげ》のようなことらしかった。それから一時間後の四号館地下で、そのマックファイトとやらは盛大に始まった。

「パイロット班、ひとまずの目標到達、おめでとう！」

部長がわたしたちの目標到達をみんなに告げると、四号館の地下は大拍手に包まれた。

少し恐縮してしまうのと同時に、あらためてみんなに心配をかけていたことがわかった。圭が怪我をしてから、誰もわたしには何も言わなかったけど、ずっと心配だったのだろう。

「じゃあ、乾杯しましょう。行きます！　乾杯！」

副部長のシュウさんが、高くハンバーガーを掲げた。

――乾杯！

四号館のあちこちで、部員たちがハンバーガーとハンバーガーをぶつけ合い始めた。

わたしと坂場先輩だけが、サラダのカップとカップを合わせる。

部員たちは目が合う人合う人と、ハンバーガーで乾杯していった。それから、がつがつ、とハンバーガーを食べ、新しいものを取りに行き、また乾杯する。

「三〇〇個って、そんなにいっぱい食べきれるんですか？」

わたしと坂場先輩だけが、四号館の地下の端で、しゃくしゃくとサラダを食べていた。先輩はここにも特製ぴったりシートを持ってきていた。

「いや、全然、足りないだろ。あっという間だよ。フレーム班のやつとか、一人で一〇個とか食うからな」

「そんなに⁉」

部員は乾杯を繰り返し、大騒ぎしていた。なるほどなあ、という感じもした。この人数だと一緒に飲みに行ったり、食べに行ったりするのもなかなか難しいだろう。ときどき気分を上げるのには、いい宴なのかもしれない。

「よかったねー、ゆきな！　頑張ったね」

和美が近付いてきた。

「わたし、ゆきなはできる子だと思ってたんだ。偉いねー」

「ありがとうー」

えへへー、と照れながら、サラダとハンバーガーで乾杯した。そんなことをしたのは、当たり前だけど生まれて初めてだった。それから誰かが近付いてきて、その人とも乾杯する。また違う人と乾杯する。初めて会うような人もいるし、しゃべったことのある人もいる。

多分、相手はこっちを知っているのだろう。つなぎに縫い付けられた名札を見て、なるべく覚えようとしながら、乾杯を繰り返す。あと、つなぎが白いとか黒いとかきれいだとかで、所属班の見極めにもチャレンジしてみる。

「ごくろうさん！　乾杯！」

「乾杯です。ジュウザ先輩、ありがとうございます。フレーム班ですか？」

「おー、ゆきなちゃん、おめでとう。乾杯！」

「トンガ先輩どうもです。電装班ですか？」

「ありがとうございます！　あーりん先輩、フェアリング班ですか？」

プラガちゃん、ランク先輩、ヘッドくん、トキ先輩、ラオウ先輩、マイメロ先輩、ペット先輩、YAMYちゃん、ミートくん、ブドーちゃん、ボヤッキー先輩、アヒルくん、ゴマちゃん、いとなお先輩、ブラッシーくん、ドロンジョ先輩、マッドれい先輩、宇宙先輩、うなぎちゃん、ドドンパちゃん、隊長先輩、ミック先輩、てつろー先輩、スレイブ先輩、りゅうくん、アンドレ先輩、ピッコロ先輩、さきっちょ先輩、スレッガー中尉、ガガちゃん、ジャガーくん、ふなっち、マキマキ先輩、邪道先輩、外道先輩、ブラックくん、もち先輩、七番先輩、みっちー、花道先輩、ポッキー先輩、ネグセ先輩、ペッパー軍曹、すまきくん——。

いろんな人と乾杯して、いろんな人と笑い合う。四号館に渦巻く喧噪《けんそう》に、ちょっと頭がくらくらするような気分だった。遠くで、誰かの胴上げが始まっている。

「……なあ、ゆきな」

喧噪を横に、突然、坂場先輩に呼びかけられた。

「お前は、よく頑張ったな」

「……いえ、先輩こそ。まだまだ本番まで頑張りましょう」

「そうだな」

先輩は最後に残ったサラダを食べ終えると、ゴミ袋を目がけて、カップをぽい、と投げ捨てる。

「なあ、あの日のこと覚えてるか？　『風林火山』に行った日」

「ええ、覚えてます」

あの日、『風林火山』に行った翌日から、わたしたちのトレーニングは熾烈《しれつ》を極めてきた。肉体と会話し、限界に挑み、その向こう側を手に入れようとした。二人の目標に達しようと挑み続けた。

途中、なかなか数値が上がらずに焦ったけれども、ようやく出力も体重も、最低限の目標に達した。主には直接励まされ、坂場先輩には無言で励まされ、わたしは生まれて初めて、本気を出せたのかもしれない。

「あの、『風林火山』に行った日のことは……今でもくっきりと覚えている」

坂場先輩は遠い目をした。

黙々と凄《すさ》まじい追い込みをするこの人のことを、尊敬していた。わたしが埋めるべき出力を、この人は半分以上、黙って埋めてくれたのだ。

「忘れたくても、忘れられねえんだ」

「ええ、そうですね」

「……お前もなのか？」

坂場先輩はわたしの顔を覗《のぞ》き込んだ。

「そりゃあそうですよ。忘れませんよ」

「そうか……お前もつらいんだな」

坂場先輩は悲しそうな顔をしたあと、わたしから目を逸《そ》らした。

「つらいよな……あの日以来だもんな。忘れてしまえば楽になれるのにな……」

んー？　と思う。つらいって何のことだろ。

「あの日以来だもんな。煮込み。ビール。牛スジ。ビール。唐揚げ、ナンコツ、ビール、ポテトフライ、串《くし》カツ……」

何言ってんだこの人は、と、ちょっと力が抜けてしまった。確かにあれからわたしたちの食事は、鶏のささみとサラダと豆腐ばかりだったけど……。

苦悶《くもん》の表情を浮かべた先輩は、ぶつぶつぶつぶつ、と独り言を繰り返した。

「なあ、」

やがて彼は真剣な表情で、わたしを見る。

「おれたちは頑張ってきた。だから一個だけ食わないか。圭には内緒で」

「んー、でもせっかく続けてきたんだし、何もこんなところで、とは思いますけど」

「頼むよ」

坂場先輩が情けない顔をして頼むので、ちょっと可笑《おか》しくなってしまった。

優しくってちょっとバカで、男らしくて情けない先輩は、出会った頃からずっとお腹を空《す》かせていましたよね。

「いいですよ、先輩。内緒で食べましょう」

「まじでか、よっしゃ！」

動こうとする坂場先輩を制し、わたしがこっそりハンバーガーを取りにいった。この人が取りにいくと目立ってしまうと思ったから。

だけど驚いたことに、ハンバーガーはもうほとんど残っていなかった。残っているものは、重みでプレスされて、せんべいみたいなことになっている。三枚のつぶれたハンバーガーを素早く手に取り、そっと懐に隠す。先輩には二枚あげますね。

わたしたちはこっそり四号館を抜け出した。パイロット班は明日《あした》も早いからもう帰りますと、部長だけに伝えて。

「乾杯です」

「おう」

自転車置き場に向かいながら、先輩と小さな乾杯をした。さっきまで小雨がぱらついていたけれど、今はもうやんでいる。ぴち、ぴち、ぴち、と水を踏みながら、わたしたちは並んで歩く。

ずっとこの人の後ろ姿ばかり見てきた。こんなふうに並んで歩くのは、初めてなのかもしれない。

わたしたちはしばらく黙って歩いた。

「何か……緊張、するな」

坂場先輩が細い声を出した。

「何がですか？」

「いや……、お前と、ほら、なんでもないけど」

「ん？　どうしたんですか？」

「いや、だから、あれだよ。……本番が近いからさ。緊張」

「ああ、でも間に合ってよかったですね」

「……そう、だな」

その日、わたしたちは二人の目標の達成を密《ひそ》かに祝った。並んで歩いて、せんべいみたいになったハンバーガーを食べながら。

ケチャップがうめえ、と、先輩は小さく呟《つぶや》いていた。

七月七日――。
七夕のテストフライト。

霧雨の中、機体の組み上げはビニールシートの下で。心配された電装トラブルはなし。早朝までに雨はやんだ。

転がし一本、滑走二本、ジャンプ六本。ジャンプ全てで、姿勢が安定していた。それからショートフライトを一本。数十センチ浮いた状態で、五〇メートルくらい飛んだ。感動と恍惚《こうこつ》の体験だった。

七月九日——。

気合い一発、インターバルトレーニング。それから重心取り試験に参画。

七月一一日——。

大事件というか、小事件。

バス停脇に、バスネコと呼ばれるネコたちが住んでいる。いろんな人が面倒をみているネコで、T.S.L.では彼らのために、特製断熱材ハウスを提供している。

そのうち一匹がガレージ裏の水路に落ちて、上れなくなってしまった。T.S.L.の数十名が、カーボンパイプと熱収縮フィルムで作った即席網で救出を試みるも、怯《おび》えたネコは水路の奥へ行ってしまった。

小さくて運動神経に期待できる者、ということでわたしが呼ばれた。フレーム班の人の用意した脚立で下りて、水路を伝ってネコを追う。

ケータイが通じないから、と、ハック先輩にインカムを渡される。地上と交信しながら水路へ。レスキュー隊みたいだ。

ネコはどんどん奥に行ってしまったが、行くところがなくなると最後はおとなしくなった。ネコを抱いて地上に出ると、見たことのないスーパーの前に出た。

坂場先輩がママチャリで迎えに来てくれた。青春乗りで二人と一匹、みんなの元へ戻る。

サークルが一丸となっていて、おもしろかった。


七月一四日——。

最後のテストフライト。ほぼ無風で好条件。

転がし一本、そのときにチェーンが脱輪。回転数計が巻き込まれたらしく、修復に時間がかかった。が、試験再開後はトラブルなし。

ジャンプを三本、それからショートフライト。五〇メートル級のフライトを三本飛んだ。最後に一〇〇メートル級を一本。アルバトロスはきれいな姿勢で安定飛行した。

飛ぶ、というのは他には代えられない体験だ。

七月一六日——。

本番で坂場先輩と一緒に墜落する夢をみた。

悪夢を振り払うべく、激しくインターバルトレーニング。


七月一九日——。

本番まであと二週間を切った。

坂場先輩とともに、トレーニングルームで計測。計五三〇ワットで四〇分漕《こ》ぐことができた。

やればできるものだ、と後になれば、簡単に思う。

制作チームも最後の大詰めみたいだ。学校に泊まり込んで作業している人がたくさんいる。

仲間全ての期待を背負って、本番の舞台から飛び立とう。

プレッシャーを全部力に変えて。

1stをびびっていた先輩だって、きっとやってくれる。

ポジティブなイメージしか湧かない。

七月二一日——。

すっかり朝型の生活に慣れてしまった。日の出の時刻が遅くなってきて、わたしの通学時間に、ちょうど日が昇るようになった。

日の出とともにロードバイクを漕ぐのは、とても気持ちいい。わたしのひと漕ぎひと漕ぎが、地球を目覚めさせていくようだ。

圭が、来年に向けて、上半身の筋トレを始めた。


七月二三日——。

気分転換も兼ねて、坂場先輩と山へ。

初めてこのドアホウに最後まで付いていくことができた。嬉《うれ》しい。

終わったとき先輩が、わたしの顔をじっと見て、何かを言いたそうにしていた。でも何も言わなかった。


七月二六日——。

また本番で墜落する夢を見た。

学校はテスト期間。後期はまじで頑張ろうと思う。

七月二八日——。

本番まで、あと四日。

夜八時に寝て、体調を整える。さらに早起きをして本番に合わせる。

夕方、軽めの練習の後、先輩がまたわたしの顔をじっと見て、何かを言いたそうにしていた。でも何も言わなかった。

phase5
ALBATROSS at BIRDMAN RALLY

〝琵琶湖で待ってる。全員の力で飛ぶぞ！〟

小学生が書くようなヘタクソな字で、坂場先輩が書いた。それをビッシーの手配書に重ねて貼る。後で部員たちが見つけたら、喜んでくれるだろう。

大会の二日前、朝の練習を終えたわたしたちは、部室を出た。これからみんなより一日早く琵琶湖入りして、本番に備える。圭は病院で検査があるため、後から来てくれるらしい。

坂場先輩とわたしは、ロードバイクに乗り、駅に向かった。駅でロードバイクをバラして、輪行袋に入れる。ママチャリの三分の一の重量のロードバイクは、かさばるけれども、案外簡単に運ぶことができる。

新幹線の座席は、車両の最後尾の席を予約してあった。席の後ろに輪行袋を収納し、わたしたちは座席にもたれる。東京から西に向かう新幹線は、新横浜を過ぎ、小田原《おだわら》や熱海《あたみ》や静岡を黙殺し、名古屋を過ぎると米原《まいばら》に着く。

駅でロードバイクを組み立て、あらよっ、とまたがった。そこから琵琶湖を目指して、自転車を漕ぎだす。琵琶湖までは案外あっという間で、そこから会場目指して湖畔を走る。松の木が湖畔沿いにずっと並んでいる。何人かの夏休みの小学生とすれ違う。やがて会場の彦根市松原《ひこねしまつばら》海水浴場が見えてくる。

「わー」

「おお！　二年ぶりだ」

自転車を止め、私たちは砂浜に下りて行った。

琵琶湖――。

四月の新入生歓誘のときに、巨大スクリーンで見た光景が、目の前に広がっていた。湖の沖に輝くプラットホームが見える。

湖岸からまっすぐ、かなり沖のほうまで花道のようなものが伸びていた。その先にやぐらが組まれていて、花道から続く傾斜で上れるようになっている。やぐらの横にクレーンも見える。

やぐらの上にあるのが、高さ一〇メートル、助走路一〇メートル、傾斜角三・五度のプラットホームだ。明後日《あさって》の早朝、アルバトロスはあの場所から飛び立つ。

「風が吹いているのがわかるか？」

「はい」

「太陽が昇ると、湖から陸に向かって、この風が吹くんだ。機体の横からこれを受けると、流されちまう。けどそれを恐れ過ぎると、距離が伸びない」

「……はい」

先輩は自分に言いきかせているようだった。湖から吹く風が、額にかいた汗を少しずつ乾かしていく。巨大な琵琶湖は見た目は海のような感じだけど、風がべとついていない。

「琵琶湖、でかいすね」

「そうだな」

湖面の向こうに目を凝らしても、対岸は見えなかった。わたしたちは二日後、どこまで飛ぶことができるんだろう。

やるだけのことはやったという思いが、わたしたちには共通してあった。自分の落ち着きっぷりが不思議だった。少しだけ期待でどきどきしていた。

プレッシャーや、不安や、突然の横風を恐れる気持ち。そういうものは全部、あの日『風林火山』に置いてきた。あるいは、自転車を漕ぎ続けることで、〝自分への期待〟や〝勇気〟や〝覚悟〟に塗り替えてきた。

「一緒に飛ぶぞ、ゆきな」

「はい」

明後日に立つはずのプラットホームを、私たちはしばらく眺めた。波打ち際まで歩き、ぬるい波に手をひたしてみる。それから砂浜に座って、またしばらくプラットホームを眺め続けた。

体調を整えるために、湖畔をロードバイクで走り、腹筋や、ストレッチをしたりした。

わたしたちが出場するプロペラ機のディスタンス部門の大会は明後日だけど、明日《あした》にも、別部門の大会があるらしい。浜ではそのための機体の組み立てが始まっている。夕方になると彦根市民会館に向かった。そこでは全チーム合同での、パイロット安全講習会というものがあった。

浅瀬、土手の上など、飛行禁止区域を飛ばないこと。そうなる前に機体を捨てること。講習会では安全面での確認が、何度もされた。

それから過去の危険飛行を動画で見せられた。飛行機が制御不能になって、桟橋に突っ込んでしまった映像。湖岸に墜落してしまった映像。テレビには絶対に映らない画像だが、このようなことは絶対に避けなければならない。

おれには墜《お》とす自信がねえ、と言っていた坂場先輩の横顔を、ちら、と見る。何を考えているのかはわからなかった。先輩は映像を睨《にら》むように、じっと見つめ続ける。

それからウェザーニュースを見て、フライトする日の風向きや、波の予想などが確認された。

講習会に参加している十数名のなかで、女子はわたしの他に一人だった。あと坂場先輩ほどでかい人はいない。わたしと坂場先輩を足して二で割ったくらいの体格の人が多くて、他のチームは一人乗りだから、なるほど、という感じだ。

常連のチームについては、主に教えてもらっていた。

ディフェンディングチャンピオン、『Meistersinger』はわたしたちと同じ、関東の工業大学のチームだ。だが、わたしや坂場先輩のようなアホウでは全然入れない、頭のいい大学だ。人力飛行機だけではなく、ソーラーカーも作っているらしい。前年チャンピオンのフライトは不利な最終番目と決まっているが、当然のように連覇を狙っているだろう。

『Team Winds-gate』は東北にある大学のチームで、毎年、熱い人が出場することで有名だ。春、新入生勧誘のときに観たビデオで飛んでいたチームで、機体がとにかく軽いことに特徴がある。『Meistersinger』の最大のライバルだろう。

京都にある大学の、『Shooting brake』はプロペラが一番後ろについているという、変わった機体を飛ばしている。変わった機体という意味では、二人乗りのわたしたちと似ているが、ともかくわたしや坂場先輩では全く入れないような大学だ。

『日航研』は大会初期から表彰台に立つ、超名門チームだ。このチームの切り開いた道を、他チームが追いかけているようなところもある。鳥人間コンテスト以外でも、駿河湾《するがわん》で飛んで日本記録を作ったりしている。

講習会に参加している全員が、例外なく緊張した表情をしていた。ここにいる全員が、それぞれのチームの夢を背負って、明後日、プラットホームから飛び立つ。


講習を終えると、庶務班のネグセ先輩と合流した。

「こんにちはー、どうですか体の調子は？」

「絶好調です」

「絶好調だ」

みんなを不安にさせないよう、そう答えることに決めていたけれど、実際にわたしたちは絶好調だった。ネグセ先輩は呼び名のとおり、寝ぐせが付いている。

三人でご飯を食べに行こうと歩いている途中、春日《かすが》神社というところがあった。

「先輩、神社！」

「ん？」

それがどうした、という顔を坂場先輩はした。

「神社ですよ。お参りしていきましょう。フライトの成功と安全を祈って」

「お、いいですねえ」

ネグセ先輩は左の襟足の髪をはねさせながら言う。

「……バカだな、お前らは」

あきれたな、という顔を先輩はしている。

「おれらは重力に逆らって飛ぶんだぞ。つまりそれは神さまにケンカ売ってんだ。お参りなんかしちゃだめだろ」

「そういうことを言ってるから、先輩が飛ぶときは横風が吹いちゃうんですよ。さ、いいから行きますよ」

わたしは押していたバイクを置き、坂場先輩を促した。

「そうですよ、行きましょう!」

ネグセ先輩も続く。

「……え、まじで?」

「神さまは味方にしないと」

坂場先輩を引っ張って、大きな神社の鳥居をくぐった。隣に南無《なむ》神変大菩薩《じんぺんだいぼさつ》という仏さまもいる。

「本当に? 神さまっておれの味方してくれるの?」

先輩が何を心配しているのか、よくわからなかった。

二礼二拍一礼——。わたしとネグセ先輩は神さまに挨拶《あいさつ》した。坂場先輩は見よう見まねな感じでお辞儀をすると、わたしたちより熱心にお祈りを始めた。

「……なあ、フライト以外のことも、お願いしてもいいのかな？」

本殿の前を立ち去ろうとしたとき、坂場先輩は言った。

「いいに決まってるじゃないですか。早くしてくださいよ」

「まじで？」

くるり、と本殿に向き直った坂場先輩は、また熱心にお祈りを始めた。やがて満足したのか、こちらに戻ってくる。

「何をお願いしたんですか？」

「……そりゃあ、あれだよ。お前のあれ」

この人はわたしの顔を見た。

「お前には内緒だよ」

この人は顔を赤くしながら、もぞもぞと言った。

「お前は食べられるよ」

「どうしてですか？」

八年連続ということだった。パイロットは毎年、この店で願掛けを兼ねて、鮒鮨《ふなずし》という、列島最強レベルの珍味を食べる。一人が食べられて、もう一人が食べられない、ということが八年間ずっと続いていて、坂場先輩は食べられないらしい。

「だから多分、お前は食べられるんだよ」

「まじすか」

驚いたことに、記録は九年連続に更新された。かなり塩辛いチーズというか、要するに鮒を発酵させたものらしいけど、わたしは美味《おい》しいと思った。

だけど、驚いたことはそれだけじゃなかった。ペ、ペ、ペラ——、

「生で見られるのは今年で最後だからね、明日《あした》の滑空機部門のフライトを見にきたんだ。現役のときは、自分たちの機体にかかりきりで見られなかったし。タイムトライアル部門も楽しみだな」

ペラ夫さん！

「特に大木さんのフライトを見てみたい。彼は機体の性能を一〇〇パーセント引き出して飛ぶんだ。ぱっと見ると、プラットホームから落ちたように見えて、その後、湖面すれすれを、すーっと進んでいく。あの人の目には本当に、風が見えるらしいんだ。あと一分で風がやむとか、そういうのもわかるらしい。鳥人だ」

「へえー」

わたしが相づちを打っても、ペラ夫さんは一切こっちを見なかった。和美情報によると、ペラ夫さんの顔を正面から捉《とら》えた女子は、T．S．L．史上、未《いま》だ一人もいないらしい。

「もともと滑空機部門の限界って、どう考えても三〇〇メートルって言われてたんだ。諸条件が完璧《かんぺき》に揃《そろ》っても、それくらいが限界だろうってのが、学者さんたちの計算だった。だけど今、四〇〇メートルを普通に超えちゃったからね」

「まじっすか！」

ネグセ先輩は髪をはねさせながら、大げさに驚いた。

「あの……滑空機って何ですか？」

「え、知らないの！」

「……お前、何にも知らないんだな」

わたしがそれを知らないことに、ネグセ先輩と坂場先輩は驚いていた。

「滑空機ってのは、プロペラのない、高いところから滑空する飛行機だよ」

ペラ夫さんはこちらを見なかったけれど、優しく説明してくれた。

「あのね、鳥人間コンテストは一九七七年に始まって、その頃は滑空機だけの大会だったんだ。ハンググライダー型の滑空機がほとんどでね、一〇〇メートルを目指して飛ぶような感じだった。ウケ狙いの変な形の飛行機もあったりして、飛び立ったらすぐ墜《お》ちちゃったりするのが、テレビ番組としてはおもしろかったんだ」

鮒鮨をおかずにご飯を食べながら、わたしはそれを聞く。

「八〇年代になると、自転車を漕《こ》いでプロペラを回すタイプの人力飛行機が、滑空機に交ざって参戦したんだ。最初はまた新手のウケ狙い機だと思われてて、また妙なものが出てきたな、みたいな感じだったんだけど、だんだん滑空機の記録に追いつくようになってきて、ついに抜いてしまった。それからも、プロペラ機は記録が伸びてね。開催する側の想定外のところまで飛んで、ヨットにぶつかったりして。それで滑空機とプロペラ機は部門が分かれたんだ」

「へえー、そうだったんですか」

ネグセ先輩は大げさに相づちをうった。広報を担当しているネグセ先輩は、他人の話を聞くのがとても上手《うま》い。

「もちろん、滑空機は滑空機で、記録を伸ばしてね。大木さんなんかは完全に琵琶湖の風を知り尽くしているし。部門は違うけど、僕らが見習わなきゃならないことは多いよ」

列島最強の珍味をつまみ、ペラ夫さんは日本酒をちびり、と飲んだ。また、ちび、と飲む。

「鳥人間コンテストは、理系の甲子園なんて言われているけれど、つまりはモノ作りの実践の場なんだ。プロセスを管理し、こなし、だけど自然現象に叩《たた》きのめされる。また一から挑む。また一から挑む。終わりがないのがエンジニアリングだ」

ちびり。

「だって空飛ぶ鳥は、何億年もかけて今の形に進化してきたんだ。速く飛びたい鳥、遠くまで飛びたい鳥、空中で止まっていたい鳥、それぞれが細かい進化を遂げてきた。彼らがどうやって飛んでいるのかさえ、人間にはまだ、正確にはわかっていない」

ちびり。

「僕らが作る機体だって、今やノウハウの塊だ。でも本当の鳥に比べたら、まだまだ全然だよ。挑戦に終わりはないんだ」

「……はい」

坂場先輩が真面目な顔で頷《うなず》いた。この人はどうやら、ペラ夫さんを尊敬しているところがあるようだ。

「僕はもう卒業しちゃうけど、君たちは来年も頑張ってほしい。そして自分の知ったこと、感じたことを、後輩に伝えてあげてほしいんだ。知は受け継がれていくから」

大学に八年間通ってしまったペラ夫さんの青春は、人力飛行機と共にあった。その青春は、先人の知を受け継ぎ、検証し、膨らませ、また誰かに渡すためにあった。そして今、その魂さえも、伝えようとしているのかもしれない。

「最後に君たちに会えてよかったよ」

ペラ夫さんは下を向き、鮒鮨をつまむ。

「え、先輩、明後日《あさって》も来てくれるんですよね？」

ネグセ先輩が素っ頓狂《とんきょう》な声を出した。

「うん、でも君たちのフライトは遠くから見ているよ。あまりＯＢがね、でしゃばるもんじゃないから」

「いや、普通に見てくださいよー」

「いいんだ。泣いちゃいそうだし、いいんだ」

また、ちび、とやったペラ夫さんは、もう泣いているようでもあった。


「それより、坂場くん、ゆきなちゃん、もうご飯は食べたかい？」

「ええ」

「食べました」

「じゃあ、もう明後日に備えてホテルに戻ったほうがいい。ネグセくんはもう少し僕に付き合って」

「え、」

ネグセ先輩が声をあげたのには一切構わず、ペラ夫さんは坂場先輩の顔を見た。

「坂場くん、僕はずっと君のファンだったんだ。悪魔の鉄槌《てっつい》が再び飛ぶ日のことを、僕は信じて待っていた。君はきっと素晴らしいフライトをすることができる」

「……はい」

　ペラ夫さんはおちょこを握った。

「明後日は七時、三番目のフライトだって聞いたけど……」

「はい」

　坂場先輩は頷いた。部長がくじで、その順番を引いてきたのだ。

「日の出の直後には、まだ陸風が吹いている。太陽が出ると、一瞬、無風の状態になって、やがて反対の風が吹き始める。七時っていうと、ちょうどその頃だ。無風っていうわけにはいかないけれど、そんなに悪い時間帯ではないね」

「……ええ」

　坂場先輩は緊張した顔で頷く。

「今回は一〇キロ超えのチャンスだよ、坂場くん。勇気を持って飛んでほしい。僕も勇気を出すから、君にも勇気を持ってほしいんだ。いいかい？　勇気ってのは無謀とは違う。勇気は愛から生まれるんだ。僕だって勇気を出す」

　ペラ夫さんは、ちびり、と日本酒を飲み、くい、と口元を拭《ぬぐ》った。

「ゆきなちゃん。いいかい？　知ってほしいんだ。人力飛行機に乗るってのは、とても特別なことだ」

ペラ夫さんの視線は、わたしの前に置かれた鮒鮨《ふなずし》の皿に移った。

「人力飛行機に乗ったことのある人間は、世界で一〇〇〇人くらいいるかもしれないけれど、二〇〇〇人はいないだろう。僕だって人力飛行機に乗ったことはないし、これからもきっと、乗ることはない」

ペラ夫さんはじっと、鮒鮨の皿を見つめている。

「経緯はどうあれ……パイロットってのは、選ばれた人間なんだ。権力やクレジットカードでは、人力飛行機のシートに座ることはできない。乗りたくても、乗れるものじゃない。仲間に選ばれて、信頼されなきゃ、決して、乗れないんだ」

ペラ夫さんの視線は、真冬の朝日のように、ゆっくりと昇った。

「だから、ゆきなちゃん――」

ペラ夫さんは、まっすぐにわたしの目を見た。その日、わたしは、初めてペラ夫さんの顔を正面から見た伝説の女になった。

「フライトを楽しんできてほしいんだ」

彼はとても澄んだ目をしていた。そのとき、風が吹いたような気がした。

明日《あした》の本番に合わせて四時に起床した。

そのまま坂場先輩と湖畔まで歩き、ストレッチをした。また戻って、今度は湖畔を自転車で走る。体がベストの状態になるまで三時間、明日のシミュレーションも兼ねてアップを重ねる。

日の出とともに、滑空機部門の大会が始まった。ぼんやりした朝焼けの中、プラットホームから音もなく滑空機が飛び立つ。数百メートルの飛行のあと、湖面に水しぶきを上げながら、ばしゃん、と着水する。遠く、応援の声が聞こえる。

「きれいですね」

「……ああ」

六時半になると、T.S.L.の四tトラックが駐留場に到着した。やや置いて、制作チームの乗ったバスも湖畔に到着する。

わたしたちが声をかける間もなく、荷物を下ろす作業が始まった。機体のパーツがひとつずつ、丁寧に下ろされていく。

ちなみにこの〝機体をトラックに積み込むための空間設計〟というのも、制作チームによる重要なワークで、梱包《こんぽう》材や緩衝材や複雑な固定具も自作したものだ。ほとんど芸術的な空間づかいによって、あの巨大なアルバトロスが、荷台にぴったり収まっている。

全ての荷物が下ろされると、部長を中心にミーティングが始まった。

制作チームはこれから、まずは午後の機体チェックに向けて、機体を組み上げる。それから機体をいったんバラし、出番を待つ。出番の三時間前、再び機体の組み立てを開始し、本番を迎える。野外ライトの下で、時間と闘いながら、徹夜で作業を進める。ホテルに泊まるのは、坂場先輩とわたしと、ネグセ先輩だけだ。

「頑張れ、任せたぞ」

ミーティングの最後に、部長が坂場先輩に右手を差し出した。

「ああ、お前もな」

坂場先輩は部長と握手をし、それから部員全員と一言ずつ交わしながら握手していった。わたしもそれに続き、言葉と握手を交わしていく。

「ゆきなちゃん、頑張って」

「うん、ジャガーくんも頑張ってね」

「ゆきな、頼むぞ。一片の悔いも残すな」

「はい、ラオウ先輩も頑張ってください」

「死ぬなよ……ゆきなちゃん」

「はい、ピッコロ先輩も頑張ってください」

「左手はそえるだけだぞ、ゆきなちゃん」

「はい、花道先輩も頑張ってください」

　トキ先輩、さきっちょ先輩、スレッガー中尉、もち先輩、邪道先輩、外道先輩、マイメロ先輩、もとちゃん、アヒルくん、プラガちゃん、ランク先輩、ヘッドくん、ゴマちゃん、すまきくん、ふなっち、ハック先輩――、
　一人一人と握手を交わしていく。

「ゆきな、頑張ってね」

「うん、和美も」

　最後に和美と思いっきりハグした。徹夜を繰り返してきたのか、少しやつれた顔をしている和美を、思いっきり抱きしめる。

　それからわたしと坂場先輩は選手受付に向かい、受け付けを終えると湖畔をロードバイクで走った。

　今のわたしたちにできることは、本番に備えて体調を整え、体力を蓄えておくことだけだ。全てのエネルギーを、テイクオフの瞬間に解き放つために。これから徹夜で

作業を進める、制作チームの思いに酬《むく》いるために。

夕方になると、近所の店で早めの食事を取り、ホテルに戻った。ホテルの部屋で入念にストレッチをして、ベッドに潜った。しばらくは寝付けなかったけれど、やがてゆっくりと眠りに落ちていった。


「どうだ？　眠れたか？」

「はい、先輩は眠れましたか？」

「おう、熟睡したぞ」

四時前に起きだしたわたしたちは朝食を取り、湖畔でアップを始めた。本日の天候は、曇りときどき晴れ。なかなかの飛行日和だ。

「選ばれし者の恍惚《こうこつ》と不安、我にあり。だがいいか、持てる力を全部出しきるからな」

「はい。先輩、頑張りましょう！」

五時半に本部に向かい、メディカルチェックを受けた。それから湖畔に戻り、ウィンドブレーカーを脱いでウェア姿になった。体が興奮しているのがわかる。もうすぐだ。もうすぐフライトが始まる。やってやる。やってやろうじゃないか！

実はこの日のために、ウェアを新調してあった。黒を基調にしたものだけれど、脇に大きくピンクのラインが入っている。先輩はいつも真っ黒なウェアを着ているから、上手《うま》い具合にマッチするだろう、と思っていた。

「――なっ」

だが、同じくウィンドブレーカーを脱いだ先輩のいでたちを見て、のけぞってしまった。

「先輩！　それを着るんですか！」

「ああ、そりゃそうだろう」

坂場先輩は、二年前と同じく、全身にピンクをまとっていた。

「ようやく痩《や》せて、着られるようになったからな。リベンジには相応《ふさわ》しい色だ」

「……そうですか」

二人で並んだら、ピンクで揃えてみましたー、みたいな感じになってしまった。不本意だ。

「これを着て再び飛ぶことで、おれはあの日に失ったものを、この手に取り戻す。エンジニアリングに終わりはねえ。ブルースを蹴飛《けと》ばして、生命を勇気に変えてやる。

権力やクレジットカードじゃあ、人力飛行機のシートに座ることはできねえんだ。鳥は何億年もかけて進化してきたんだ！」

言葉の意味はよくわからないけど、湖面を見つめる先輩は、いい顔をしていた。自堕落な日々を抜け出して点火し、限界に挑み続けた一年を経て今日に至り、ついに何かのスイッチが入ったようだ。

日の出が近付いて、辺りはぼんやりと明るくなってきていた。

「過去を乗り越え、おれは飛ぶ。おれは、おれの風を捉《つか》まえるんだ」

湖面の波が、ざーん、ざざーん、と小さな音を立てていた。

「そしておれは、おれの風を抱きしめる。もう二度と離さない」

この人は何だか変な感じに仕上がっていた。もしかしたら、琵琶湖の魔物《ビッシー》に何かを吹き込まれたのかもしれない。

「いくぞ、ゆきな！　今日という、かけがえのない日を生きるぞ！」

「……は、はい」

湖の向こうから、朝日が昇り始めていた。湖岸に沿って歩き始めたわたしたちは、はたから見れば、お揃いのピンクのウェアを着ているように見えるのだろう。

「ゆきな、見えるか？」

「はい？」

先輩が指さす先に、顔を向けた。

「あれが、おれたちの翼だ」

目を覚ましてくれ坂場！　と思ったけれど、わたしも一瞬で感動してしまった。

先輩の示す指の先で、本番モードのアルバトロスが巨大な翼を休めていた。生まれたてのアルバトロスが、エンジンであるわたしたちの到着を静かに待ち続けている。

鋭角に朝日が差す湖を背景に、しなやかで透明な翼が銀色に輝いていた。

奇跡みたいな光景だった。天空から舞い降りた生命体が、気まぐれにその姿を現したみたいだ。

無駄を削《そ》ぎ落とし、空を一度だけ飛ぶために設計された機体は、こんなにも情熱的で、こんなにも力強い。風の結晶を、光の結晶で繋《つな》ぎ合わせて生まれた機体は、こんなにも優しくて、美しい。

気付いたら走りだしていた。おいー、と声を上げながら、先輩が追いかけてくる。

飛びたい！

胸の思いが、はち切れそうだった。

やりたいことが何かなんて、ずっとよくわからなかった。大学に入る前も、入ったときも、本当にやりたいことが何かなんて、全然わからなかった。

だけど今はもう確信を超えてわかる。わたしは飛びたい。猛烈に飛びたい。きっと世界で一番、わたしは飛びたいと願っている。

飛ぼう、アルバトロス！

琵琶湖の魔物に取り憑かれたように、熱《あつ》っぽく思う。

「あー、ゆきなー！」

「和美ー！」

手を振る和美と合流して、ハイタッチした。それから振り返って、和美たちが徹夜で仕上げたアルバトロスを見やる。

フェアリングの脇にメンバーたちの言葉が、書き連ねてあった。その中で一際大きくあった、"飛翔《ひしょう》"の文字に手を触れ、飛ぼうね、と思う。一緒に飛ぼうね、アルバトロス――。

「ゆきなちゃん、そのウェア似合ってるね」

「圭ー！」

振り返ると、感じ良く微笑む圭がいた。わたしたちは、琵琶湖の東岸でしばらく見つめ合う。

「ゆきなちゃん、これ」

圭が胸から銀色のペンダントを外した。

言われなくても、言わなくても、わかっていた。

「うん」

受け取った翼の形のペンダントを、わたしは首にかける。

「三人で一緒に飛ぼうね」

「うん、ありがとう」

圭は感じよく、あははっ、と笑った。それからわたしたちは、がっちり握手をした。


早朝の日射しの下、わたしたちは松の木の下で待機していた。ざわめく浜は、応援する人たちで賑《にぎ》わっている。直前に飛び立った人気チーム、『Team Winds-gate』は、かなりのビッグフライトを果たしたらしい。

「圭、今までありがとうね」

「ううん、それよりさ、そろそろ足も完治するから、落ち着いたらデートしようよ」

さらっと言う圭に、わたしも健康的に返す。

「いいね！　自転車でどっか行こうか？」

「そうしよ！」

軽やかに話すわたしたちの横で、責任じゃ……おれは愛を背負って……とかなんとか、坂場先輩が呟《つぶや》いている。

「ゆきなちゃんと先輩、ピンクでお揃いにしたの？」

「違うよー。偶然なの。ホントに困っちゃうよ」

眉間《みけん》に皺《しわ》を寄せながらわたしが言うと、圭が、ぷっ、と笑った。

「あのさ、運命だったのかな、って思うよ」

「何が？」

「ゆきなちゃん、四月に白いバイクを買おうとしていたでしょ。あのときおれさ、あ、白だったら自分とお揃いだな、って思ってたんだ。でも閃《ひらめ》いたみたいにピンクにしたでしょ。きっと先輩とゆきなちゃんって、一緒に飛ぶ運命だったんだよ」

「えー」

不満の声を漏らすわたしに、圭は続けた。

「何となく思うんだ。二人のフライトは、ずっと前から約束されてたんじゃないかって。きっと二人の結び付きみたいなのが、あったんだよ」

「うーん……」

「それにね、おれと先輩は結局、一緒に飛んじゃいけなかったのかもしれない」

「どうして？」

「おれ、鮒鮨《ふなずし》食べられないんだ」

「そうなの？　でもじゃあ、わたしとなら飛べるね」

「うん、そうなんだよー」

あははは、とわたしたちは笑った。

松の木の陰から顔を出して左を窺《うかが》うと、制作チームに支えられたアルバトロスが、こっちに向かってきていた。四〇メートルの巨大な翼が他チームの機体とぶつからないように、部員は湖上をじゃぶじゃぶと進みながら、機体を運んでいる。

「あのね、わたし考えたんだ」

アルバトロスの翼を見つめながら、わたしは言った。

「提案制度ってあるでしょ？　あの、圭がケツガタを応募したやつ。あれ、わたしも考えたの」

「うん」

「次の機体はさ、三人乗りにするのはどうかな？」

圭は驚いた顔をしたあと、あはは、と笑った。

「凄《すご》いよ、それ。考えたこともなかった。絶対、採用されないと思うけど」

「うん、もちろん無理なのはわかってるよ。でも五年後か一〇年後か、いつかできるかもしれないでしょ？」

ぶつぶつぶつ、と坂場先輩が何かを呟いている。ざわめく浜からは、鳴り物の応援も聞こえる。

「三人乗り——。それって、わたしたちが、提案するのに相応《ふさわ》しいでしょ?」

「そうだね」

圭はにっこりと笑った。

「いつかそんな日が来るといいよね」

花道に到着したアルバトロスが、プラットホームに向けてゆっくりと歩を進め始める。

「そろそろ行く?」

「うん」

わたしは立ち上がった。湖面はきらきらと輝いている。風はいい具合に凪《な》いでいる。

隣で坂場先輩が立ち上がった。

「じゃあ、先輩、頼みます。おれはここで待ってます」

坂場先輩は、黙って頷《うなず》いた。

「先輩、絶対、一〇キロ飛んでくださいよ」

「ああ。そんなんじゃ、おれは満足できないけどな。おれは今日、風を捉《つか》まえて、この空と、湖の神に抱かれた夢の一部となる。責任を背負って飛ぶのではな——」

「ゆきなちゃんも、頑張って！」

「うん！　いっぱい飛んで、戻ってくるね」

あははっ、と圭は笑った。坂場先輩は隣で、さっきの続きを呟いている。

わたしたちは圭と握手し、進むアルバトロスを追いかけていった。ついにこの時間が来たのだ。


プラットホームの上に立つと、風が強く吹き抜けていった。

前方を見れば、視界の全ては群青の湖と青い空だけだ。目指す対岸は遠く霞《かす》んでいる。

ここは全ての飛翔の、始まりの場所だ。

テレビ用のインタビューを受けたけれど、ほとんどは副部長のシュウさんがしゃべってくれた。二人乗り機体にかける思いとそのコンセプトについて、シュウさんは熱っぽく語る。

「先輩、ありがとうございました」

コックピットに乗り込む前に、坂場先輩に声を掛けた。

「いろんな人に助けられて、わたし、ここまで来られました。先輩のおかげで、ここまで来られました」

「それはお前、こっちだっておな――」

「ありがとうございました！」

先輩を見上げ、右手を差し出した。部員みんなと握手して、最後は先輩と握手したかった。

「……ああ」

始まりの場所で、わたしたちは見つめ合い、がっちりと握手した。初めて握る先輩の手は、とても大きかった。

「けど、ゆきな、これからだぞ」

「はい、行きましょう。飛びましょう！　先輩」

「おう、行くぞ！」

わたしたちはアルバトロスのコックピットに向かった。先輩が前で、わたしが後ろ。メカニックの指示に従いながら、機体に乗り込む。

ヘッドセットを装着し、通信の確認をした。あれこれ確認をしたメカニックが離れていき、フェアリングに覆われると、世界はわたしと先輩、二人きりになる。とても狭い密室の中、先輩の息づかいが聞こえる。

アルバトロスは今、〝完成〟した。

『聞こえるか？　坂場、ゆきなちゃん』

　ヘッドセットから、ボートに乗った部長の声が聞こえた。

「聞こえるぞ」

「聞こえます！」

　部長の声は聞こえるけど、通信をするのは先輩だけだ。

『よし、二人とも頼むぞ。年に一度のフライト、大いに楽しんでくれ』

　どん、どん、どどどん、どん、どん、どどどん、どん、どん、どどどん――、
遠く、岸に立つメンバーが、鳴り物で応援を始めたのがわかった。

「おれは責任を背負って飛ぶんじゃない」

　坂場先輩は自分に言いきかせるように言った。

「行くぞ、ゆきな」

「はい」

「一秒でも長く飛ぶぞ！」

「はい！」

「テイクオフだ」

「はい！」

　先輩はそれから静かに息を吐いた。アルバトロスに結実した全ての思いを抱きしめ

るように、そして偉大な始まりを高らかに告げるように、その声を発した。

――ペラ回します！

わたしたちは息を合わせてペダルを漕《こ》ぎ始めた。チェーンを伝った力が、前方でプロペラを回す。機体はまだ前には進まない。指示された回転数まで、わたしたちは回転を上げていく。

「――三、二、一、スタート！」

先輩が叫ぶのと同時に、ペダルを思い切り踏み込んだ。同時に外の三人が機体を押し出す。勇敢なアルバトロスが、プラットホームを一気に駆け抜けていく。

――飛び立つ瞬間にね、ガタガタ鳴り響いていた車輪の振動が、ふっ、とゼロになるんだ。その瞬間、負荷の種類が変わるんだ。

五～六メートルの滑走のあと、その刹那《せつな》は訪れた。足元の抵抗が消え、重力やスピードの種類が変わる。昔はわからなかったけれど、今のわたしはその瞬間を捉《とら》えることができる。

巨鳥はプラットホームを飛びたった。体が浮くような感覚と同時に、機体が下に落ちていくのもわかる。

「うおおぁぁらあぁーあああああぁー」

先輩の声が聞こえた。わたしは目をつぶってペダルを必死に漕いでいた。舵《かじ》を取る先輩を信じていた。——先輩、リベンジしてください！

何がどうなっているのかはよくわからなかった。どっちにしても、ほんの一瞬のできごとだ。

先輩は愛から生まれた勇気を炸裂《さくれつ》させ、琵琶湖の魔物《ビッシー》をねじ伏せんとする。永遠と一瞬が交差したみたいな時間が過ぎると、わたしにも理解できる世界が広がっていた。

飛んでる！　飛んでる！

先輩はその闘いに勝ち、風を味方にした。わたしたちは飛んでいる！

「よっっしゃあー!!」

先輩が声をあげた。

「イヤッホーウ！」

琵琶湖の魔物にやられたわたしも、陽気な声をあげる。

「凄——い！」

間抜けなことを叫んでいた。自分が空を飛んでいるんだって、心からわかる。気持ちいいって、体が喜んでるのがわかる。

無窮の大空の下、広大な湖の上を、アルバトロスが翼を広げて飛んでいる。

「責任じゃない！　おれは愛を背負って飛ぶんだ！」

坂場先輩が叫んだ。

全ての思いを追い風に、アルバトロスが湖上を悠々と舞っていた。二人乗り機体に挑戦し続けた一五年のトライ＆エラーの歴史を背負って、大飛鳥アルバトロスは今、大空に羽ばたいている。

「いくぞ、ゆきな！　ここからだぞ」

「はい！」

「飛ぶぞ、この野郎！」

「はいー！」

わたしたちはひたすら漕いだ。回転数計を横目で見ながら、和美たちが作った〝あの子《プロペラ》〟をぶんぶん回す。

『西！』

ヘッドセットから部長の通信が入った。水先案内人の部長が、ボートで併走しながら、指示を送ってくれる。

『少し流されている。左。もっと左だ』

「わかってる！　とりあえず多景島《たけしま》目指して飛ぶ！」

坂場先輩が応答した。

『オッケー、それでいい！』

「まだまだいくぞー！」

『オッケー。そう！　そのままだ！　いいぞ！』

アルバトロスは安定飛行を続けていた。わたしたちは力を込めて、ペダルを漕ぎ続ける。

『風が出てきたぞ！』

「わかってる。けど問題ない」

『上げて！』

部長の叫び声が聞こえた。

同時に風が吹いて翼を揺らし、右に傾いた機体がぐんと高度を落とした。湖面がぐっと迫ってくるのがわかる。

『もっと上げて！　諦《あきら》めるな！　もっと上げて！』

「おおおおお、おおお！」

坂場先輩は叫び、最大出力一三〇〇ワットオーバーが火を噴いた。わたしの最大出力六〇〇ワットも、それに加わる。

『もっと上げて！　もう少しだ！』

「おああああっしっ」

再び、先輩は叫んだ。機体が、ふわり、と風に乗ったのがわかった。

『戻った！ いいぞ！ そのまま！』

「よっしゃ！」

『いいぞ、安定飛行してる！ そのまま続けて！』

「おう！」

はあ、はあ、はあ、はあ、はあ、はあ、はあ、はあ――、先輩の背中を見ながら、わたしは必死で漕ぎ続ける。

「ゆきな！」

先輩の声が聞こえた。

「右！ 空が見えるかー！」

「はいっ、見えます！」

右も左も上も、全部が空だ。

「多景島は見えるか！」

「はいっ、見えます！」

前方にぼんやりと島の姿が見えた。アルバトロスは今、あの島を目指して飛んでる。

「おれたちは、飛んでいるか！」

「はいっ、飛んでます！」

「気持ちいいか！」

「最高です！」

気持ち良かった。わたしは今、めちゃめちゃに気持ちが良かった。

『いいぞ！　そのまま安定飛行！　三キロ突破したぞ！』

ヘッドセットから遠い部長の声が聞こえた。はあ、はあ、はあ、はあ——。

「気持ちいいー」

と、わたしは叫んだ。力を込めて、ペダルを漕ぎ続ける。圭の到達した距離を超えて、まだまだわたしたちは飛び続ける。

「ゆきな！」

「はいっ！」

「今まで言わなかったけどな、はあ、はあ、お前、けっこう可愛いぞ！」

「は⁉　何すかそれ！」

ランナーズハイというのを聞いたことがあるけれど、坂場先輩も今、そんな状態なのだろうか。

「けどよー」

はあ、はあ、はあ、はあ、と息をしながら、彼はまだ何かわたしに言おうとしていた。だけど頼むから、余計なことは言わないで、先輩——！

「おれは、お前に言わなきゃなんねえことがあるんだ」

「いや、ないと思います！」

「あるんだよ」

「ないです！」

はあ、はあ、はあ、はあ、はあ、はあ、はあ、はあ、はあ——。

「ゆきな」

「何⁉」

「おれは、お前が好きだ」

なななななな。わたしは必死にペダルを回す。

「告白ですか！」

「そうだ！」

はあ、はあ、はあ、はあ、はあ、はあ、はあ、はあ——、
こんなに、はあはあ言いながらの告白なんて、聞いたことがなかった。

『おい、テレビに映ってるぞ、坂場！』

はあ、はあ、と息を継ぎながら、そうだ、そうだったとわたしは思う。わたしたちが漕《こ》ぐ姿も、苦しそうな表情も、そして発言も、全てＣＣＤカメラに撮られている。

「関係ねえ！　おれはゆきなが、好きだ！」

この光景を後からテレビの画面で観る、家族や和美やその他の部員たちの、爆笑する姿がありありと目に浮かんだ。恥ずかしすぎるけど、もう遅すぎる。きっとネットにもアップされてしまうのだろう。わたしはもう、ラブリィ&フレッシュな普通の女の子には戻れないのだろう。

「先輩！」

ぶんぶんプロペラを回しながら、わたしはやけくそで叫んだ。

「今の、本気なんですか？」

『お前ら、これはテレビで全国放――』

「本気だ！　はあ、はあ、はあ、はあ」

そうか、と思う。本気ならばしかたない。考えようによっては、青い空の下を飛行しながらの告白なんて、とてもロマンチックなのかもしれない。人力飛行機を漕ぎながらの告白は、人類史上初なのかもしれない。

でも、どんな状況であろうと、相手が本気なのであれば、はっきり言っておかなきゃいけないことがある。

「ごめんなさい！　ちょっと見た目がタイプじゃないです！」

「そうかー！」

「そうです！」

わたしは力を込めて叫んだ。不器用だけど頼もしい坂場先輩と一緒に、今日のために必死で頑張ってきた。前は嫌いだったけれど、今は嫌いじゃないし、好きだ。でも、見た目がタイプじゃなかった。

「ぎゃふん、だな！」

また和美が爆笑する姿が、目に浮かんだ。実際に、ヘッドセットから爆笑する声が聞こえてくる。

〝そんなやつ、ぎゃふん、って言わせちゃいなよー〟と、以前、和美に言われたことを思いだした。でもそれが、もの凄《すご》く前のことのように思える。あれからわたしは頑張って、この人にぎゃふん、と言わせたんだ、と思ったら、愉快な気分になってくる。

「でも、先輩！」

「何だ！」

「正直、ちょっと、ぐっときましたよ」

「お、おお、そうか」

二人なら、もっと遠くまで行ける。いつか一人では辿り着けなかった場所に、到達できる。

「先輩のこと、最初は大嫌いだったけど、今は嫌いじゃないです！」

「そうかー！」

もっともっと長く、飛んでいたかった。優しくて頼もしくてちょっとバカな先輩と、一秒でも長く飛んでいたかった。

「見た目はナシだけど、嫌いじゃないです！」

「そうかー！」

はあ、はあ、はあ、はあ、はあ、はあ――。

今、一瞬、好きだと返してもいいんじゃないか、と思ってしまったのは、わたしもランナーズハイな状態だったからなのかもしれない。あるいは本当に、琵琶湖の魔物に取り憑《つ》かれてしまったのかもしれない。だから――、

好き――、と声にならない声で、叫んでみる。好き――。

はあ、はあ、はあ、はあ、はあ、はあ、はあ、はあ――。

『あー、もういいか？　お前ら』

部長の冷静な声が聞こえた。多分、メガネをきらーん、と光らせているのだろう。

『坂場、残念だったな。帰ってきたら、おしるこアイスを食わせてやるからな。おもちは二個だ』

はあ、はあ、はあ、はあ、はあ、はあ、はあ――。

『それよりいいか？　状況を伝える。機体は安定飛行してる。けど風がかなり出てきたから気をつけろ。もうすぐ一〇キロだぞ』

はあ、はあ、はあ、はあ、はあ、はあ、はあ、はあ――。

「もっと、飛びたい！」

わたしは思いきり叫んだ。もっともっと飛びたかった。このまま二人で、地球を一周したってよかった。はあ、はあ、はあ、はあ、はあ、はあ――。

『一〇キロ超えても、まだまだ行くぞ！』

わたしの脚はもう限界に達しているように思えた。だけどまだまだ漕げている。きっともっと漕げる。まだまだわたしは飛べる。重力を振り切って、月まで飛んでいってもいい。

前方に青い空が見えた。こんな日が来るなんて思わなかった。わたしのこれまでは、全部、この日のためにあったんだと心から思えた。限界なんて関係ない。わたしのこれまでは全部、このフライトのためにあったんだ。

ペダルにかかる負荷で、まだ先輩が力強く漕いでいることがわかった。胸には圭から託されたペンダントが光っている。もう限界のはずだった。だけどわたしたちはまだ、漕ぎ続けている。

だけど突然の横風が、機体を襲った。

『流されてるぞ！』

わかっていた。何が起きているのかは、だいたいわかっていた。

『上！　流されるな！　風に乗れ！』

気付けばアルバトロスは右に傾いていた。機体は大きく旋回しかけている。アルバトロスはゆっくり湖面に近付いていく。大飛行を終えた巨鳥が、ゆっくり湖に着水するように——。

『諦《あきら》めるな！　上だ！』

部長の声だけが聞こえた。はあ、はあ、はあ、はあ、はあ、はあ、はあ、はあ——。

『上！　上！　もっと上げて！　諦めるな！　上ー！』

部長の声が次第に遠くなっていった。瞬間、がががががっ、と音がして、フェアリングが湖にタッチする。

「うおおあぉおおあるあああああー！」

大好きな先輩が、吼《ほ》えた。わたしも目を閉じたまま、必死にペダルを漕ぐ。雄《お》叫《たけ》びと共に、アルバトロスは一瞬、湖から浮上する。まだだ！　まだ飛びたい！　もっと長く飛びたい！　もっと高く飛びたい！

『上！　上！　上！　まだだ、諦めるな！』

そのとき再び風が吹いた。きらきら光っていた湖面が、青く笑った気がした。アルバトロスはがくんと右に傾いていく。

「おおおおぉあああぁあああぁあっあああー！」

吼える坂場先輩の声が、断末魔のように聞こえた。アルバトロスの翼は、風を捉《とら》えられなかった。わたしたちの願いとは裏腹に、機体は再び、ゆっくりと落下していく。

ありがとう――。

必死で漕《こ》ぎ続けるわたしの頭の、遠いところで、そんなことを思っていた。脚だけが勝手に動いていた。脚だけがわたしの意志と関係なく、勝手に動いていた。

こんなに遠くまで連れてきてくれて、ありがとう――。

ありがとう、アルバトロス――。

ありがとう、先輩――。

「おああああしあああっしあっあぁぁああああー！」

どのような舵取《かじと》りがあったのか、どのような風が吹いたのかわからない。どのくらい常軌を逸したパワーを先輩が出したのか、どのような奇跡が自分たちに起きたのかわからない。

目の前の景色がどうなっているのかさえ、もうわたしにはわからなかった。汗はぼたぼたと落ち、意識は朦朧《もうろう》とし、脚だけが意志と関係なく動いていた。坂場先輩はもう、叫んではいない。

『いいぞ！　いいぞ！　坂場！　持ちこたえた！　持ちこたえたぞ！』

部長の声が、コックピットの中に響いた。

まだ飛べている——。アルバトロスの翼と先輩の末脚が、奇跡の風を拾った。わたしの脚もまだ動いている。飛べている。まだ飛べている。ゆるやかな湖面の風に乗って、アルバトロスは飛行を続けている。

『だけど流されてるぞ！　坂場！　わかるか？』

先輩は答えなかった。だけど自分のペダルの感覚でわかる。先輩はまだ漕ぎ続けている。諦めてない。もっと先へ——。もっともっと先へ——。わたしの先輩は、まだ諦めていない。

まだだ。もっと飛ぼう。先輩は諦めが悪かった。わたしはどこまでも、この人に付いていくと決めたのだ。もっと飛ぶ。もっともっと飛ぼう。

『坂場！　まだだ！　まだ流されてるぞ』

脚だけが動いていた。はあ、はあ、はあ、はあ、はあ、はあ、はあ、はあ——。

『左だ！　坂場！　もっと左！』

「……わかってる、……だがもう舵が利かねえ」

はあ、はあ、はあ、はあ、はあ、はあ、はあ、はあ、はあ——。

『ああっ！　坂場、だめだ！　無理するな！　坂場！』

部長の声が二人きりのコックピットに響いた。それから部長の叫び声がずっと響いていたけれど、わたしにはもう、その声は聞こえなかった。

「……ゆきな」

呟《つぶや》くような先輩の声だけが聞こえる。大好きな先輩の声だけが、心を伝う音のように聞こえる。

「聞こえるか、ゆきな」

はい、と呼吸の隙間から声を出した。はあ、はあ、はあ、はあ、はあ、はあ——。

「飛びたいか？　ゆきな」

……はい……飛びたいです、先輩。

「まだまだ飛びたいよな」

はい……先輩。

「……けどすまねえ」

いやだ、先輩……まだ飛びたい。飛びたいです。

「おれは墜《お》とさなきゃなんねえ」

……いやだ、先輩。飛びたい。

墜とす、と言ったわたしと、墜とせない、と言った先輩——。成長しなきゃなんねえと言った先輩——。おれには墜とせない、と言った先輩——。おれには墜とせない、と言った先輩——。

「ゆきな、すまない」

……いやだ、先輩。もう少し、もう少し飛びたいです。飛んでいたいです。

だけどペダルの抵抗が急に高まり、脚が回らなくなった。いやだ、墜ちたくない！

背中しか見えないのに、先輩が泣いているのがわかった。悪魔の鉄槌《ルシファーズ・ハンマー》は回転を止め、わたしの脚はもう動かない。二人乗り機体の新記録を樹立したアルバトロスが、追いかけてくる何台ものボートに見守られながら、静かに湖に落ちていく。飛行禁止区域の一歩手前で。

大飛行を終えた水鳥が、そっと着水するように――。

静かに翼を閉じ、疲れた体を休めるように――。

ゆっくりと落ちていく。

ばがががばがっ、という凄《すさ》まじい音とともに、フェアリングは簡単に破壊された。あ、と思う間もなく、わたしは湖に放り出され、気付いたら水にまみれてもがいていた。ぐぼあ、と水を飲み込んでしまい、むせかえりながら、虚空を掴《つか》むように両手を彷徨《さまよ》わせる。

はあ、はあ、ごほっ、ごほっ、はあ、はあ、はあ、はあ、はあ、はあ、はあ――。

気付いたとき、水面で咳《せ》き込みながら、呼吸をしていた。苦しい。はあ、はあ、はあ、はあ、はあ、はあ、はあ、はあ――。

衝撃と水のせいで何も聞こえず、何も見えなかった。湖面はやけに静かで、蒼《あお》い空と水だけに包まれていた。目指した対岸も、飛び立ったプラットホームも、遠く霞《かす》んでここからは見ることができない。

どこなんだろう――。スタートでもゴールでもないここは、どこなんだろう――。

音の消えた蒼い世界で、わたしは呆然《ぼうぜん》としたまま、ゆらりゆらりと波に揺られていた。限界に挑み続け、思いを込めて飛んで辿《たど》り着《つ》いたここは、一体どこなんだろう――。

「……大丈夫か？」

至近から声が聞こえた。

「……はい」

と、わたしは答える。ゆらり、ゆらり、ゆらり、ゆらり。

坂場先輩がわたしを守るように、肩を抱きかかえてくれていた。残骸《ざんがい》となったアルバトロスのフレームを片手で摑み、先輩は力強い腕でわたしを抱きかかえてくれていた。

Record & Thanks

二〇XX年、鳥人間コンテスト選手権大会、人力プロペラ機ディスタンス部門には、一三機が出場。土橋大晋氏が折り返しフライトを成功させ、チーム三度目の優勝を飾った。

記録はG.P.S.測量システムによって、プラットホームから着水地点までの水平直線距離を測定したもの。TOP5を以下に記す。

第1位、土橋大晋（21）Team Winds-gate、飛行距離 29,556.82m
第2位、町田洋平（22）Meistersinger、飛行距離 20,826.11m
第3位、坂場大志（22）鳥山ゆきな（20）T.S.L.、飛行距離 10,866.03m
第4位、新井佑弥（20）Shooting brake、飛行距離 8,459.83m
第5位、木村政秀（21）stork-D、飛行距離 6,093.90m

大会当日は天候に恵まれ、各チーム、好記録が続出した。また一部フライトについてテレビ放映後の反響が極めて高く、記憶に残る大会にもなった。「ぎゃふん、だな！」「正直、ちょっと、ぐっときましたよ」「あー、もういいか？　お前ら」といった名言は、今後も語り継がれることだろう。

なお、本件について坂場大志氏は『おれはまだ諦《あきら》めてねえ』とコメント。鳥山ゆきな氏はノーコメント。T．S．L．部長の古沢ゆうじ氏は『そっとしておいてくれ』とコメント。T．S．L．では来年、高橋圭氏を含んだフライトを予定しており、今後の展開は予断を許さないところだ。

なお、この大会は、鈴木正人さん（Team Aeroscepsy）の協力なしに、無事終えることはできなかった。また太田匡隆さんにも大変お世話になった。ご両名に深い感謝を。また芝浦《しばうら》工業大学の高木暁史くん、岡田敏英くん、世安功明くんほかには、いろんな話を聞かせてもらった。正直、ちょっと、ぐっときましたよ。ありがとう。

最後に、尊敬する全ての熱きBIRDMANたち、そして読者のみなさまに深く感謝する。ありがとう。どうもありがとう。

君のフライトはもう始まっている！　おもちは二個だ！

WANTED!!
ビッシー
DEAD OR ALIVE
¥300,000

トリガール!
Special Edition

ゆきな！
何!?
おれは、お前が好きだ
先輩 今の、本気なんですか？
入口
TSL
本気だ！
はぁ、はぁ、はぁ、はぁ
ごめんなさい！
ちょっと見た目がタイプじゃないです！
WANTED
そうかー！ぎゃふん、だな！
あー、もういいか？お前ら
鳥

本番中
なにやって
るんだ…
いやー流れでよ…
そう流れがよ…
つたくよ
こっちまで
恥かいたわ
そんなことない
ですよ！
部長ー!!
ドスッ
ぶぁ
あんな日本中に
響き渡る告白
素敵じゃない
ですか〜
でっどうなのよ〜
ゆきな
本当の
ところは？
ひっ
びっくりして
ないで
教えなさいよ〜
いや…
だからさ
言ってる
じゃん
ビッシー
WANTED
DEAD OR ALIVE

ごめんなさいって
テレビでさ…
でも戻ってくるとき救命ボートの上じゃこんなんだったでしょ〜
やっぱりあやしくない？
きっとあれテレビ用の答えだったんすよ
くそどもめ…
もう付き合っちゃえよ
そーだよゆきなっ
それとも…好きな人でもいるんじゃ…
なっ
そっ…
そんなの…
ほーれ ほれ
でーなんだっ

いるわけないじゃないですか!!
もーヤダ!!
あっ逃げた…
どっちなんだいるのかいないのか
ガクッ
どうします?マイメロ先輩
うーん
追いかけるのだっ!
ラジャー!!
まてー
誰だか教えろー
ドッドッドッーッ
なんでこんな事になるのよ? バカ坂場
私の恋人はアルバトロスですよー
そんなの通用するかー
ドドドッ
あれ?

皆なにしてるの？
いや今なゆきなの
わっ
？
圭っ！
そっそれより足の具合はどう？
もうバッチリ
話そらしたわね…
あ〜っよかった〜
ニコッ
ゆきなちゃんがフライトしてくれたから
僕もリハビリがんばれたんだ
だからゆきなちゃん
なに？
今度はさ

一緒に飛ぼうね！
うん
考えとく

トリガール！Special Editionを
お楽しみ頂けたでしょうか？
『トリガール！』の青春ストーリーの素晴らしさを
お伝えできていたら嬉しいです。
漫画版『トリガール！』もお楽しみください！
栗原陽平

漫画イラスト　栗原陽平

本書は二〇一二年八月に角川マガジンズより刊行された
単行本を加筆・修正して文庫化したものです。

トリガール！

中村《なかむら》 航《こう》

平成26年 6月25日　初版発行

発行者●山下直久

発行所●株式会社KADOKAWA
〒102-8177　東京都千代田区富士見2-13-3
電話 03-3238-8521（営業）
http://www.kadokawa.co.jp/

編集●角川書店
〒102-8078　東京都千代田区富士見1-8-19
電話 03-3238-8555（編集部）

角川文庫 18600

印刷所●旭印刷株式会社　製本所●株式会社ビルディング・ブックセンター

表紙画●和田三造

ISBN978-4-04-101450-9　C0193

角川文庫発刊に際して

角川源義

第二次世界大戦の敗北は、軍事力の敗北であった以上に、私たちの若い文化力の敗退であった。私たちの文化が戦争に対して如何に無力であり、単なるあだ花に過ぎなかったかを、私たちは身を以て体験し痛感した。西洋近代文化の摂取にとって、明治以後八十年の歳月は決して短かすぎたとは言えない。にもかかわらず、近代文化の伝統を確立し、自由な批判と柔軟な良識に富む文化層として自らを形成することに私たちは失敗して来た。そしてこれは、各層への文化の普及滲透を任務とする出版人の責任でもあった。

一九四五年以来、私たちは再び振出しに戻り、第一歩から踏み出すことを余儀なくされた。これは大きな不幸ではあるが、反面、これまでの混沌・未熟・歪曲の中にあった我が国の文化に秩序と確たる基礎を齎らすためには絶好の機会でもある。角川書店は、このような祖国の文化的危機にあたり、微力をも顧みず再建の礎石たるべき抱負と決意とをもって出発したが、ここに創立以来の念願を果すべく角川文庫を発刊する。これまで刊行されたあらゆる全集叢書文庫類の長所と短所とを検討し、古今東西の不朽の典籍を、良心的編集のもとに、廉価に、そして書架にふさわしい美本として、多くのひとびとに提供しようとする。しかし私たちは徒らに百科全書的な知識のジレッタントを作ることを目的とせず、あくまで祖国の文化に秩序と再建への道を示し、この文庫を角川書店の栄ある事業として、今後永久に継続発展せしめ、学芸と教養との殿堂として大成せんことを期したい。多くの読書子の愛情ある忠言と支持とによって、この希望と抱負とを完遂せしめられんことを願う。

一九四九年五月三日

角川文庫ベストセラー

あなたがここにいて欲しい　中村　航

大学生になった吉田くんによみがえる、懐かしいあの日々。温かな友情と恋を描いた表題作ほか、「男子五編」「ハミングライフ」を含む、感動の青春恋愛小説集。

僕の好きな人が、よく眠れますように　中村　航

僕が通う理科系大学のゼミに、北海道から院生の女の子が入ってきた。徐々に距離の近づく僕らには、しかし決して恋が許されない理由があった……『100回泣くこと』を超えた、あまりにせつない恋の物語。

あのとき始まったことのすべて　中村　航

社会人3年目——中学時代の同級生の彼女との再会が、僕らのせつない恋の始まりだった……『100回泣くこと』『僕の好きな人が、よく眠れますように』の中村航が贈る甘くて切ないラブ・ストーリー。

バッテリー　全六巻　あさのあつこ

中学入学直前の春、岡山県の県境の町に引っ越してきた巧。ピッチャーとしての自分の才能を信じ切る彼の前に、同級生の豪が現れ!? 二人なら「最高のバッテリー」になれる！　世代を超えるベストセラー!!

グラウンドの空　あさのあつこ

甲子園に魅せられ地元の小さな中学校で野球を始めたキャッチャーの瑞希。ある日、ピッチャーとしてずば抜けた才能をもつ透哉が転校してくる。だが彼は心に傷を負っていて——。少年達の鮮烈な青春野球小説！

角川文庫ベストセラー

タイニー・タイニー・ハッピー　飛鳥井千砂

東京郊外の大型ショッピングセンター、「タイニー・タイニー・ハッピー」、略して「タニハピ」。今日も「タニハピ」のどこかで交錯する人間模様。葛藤する8人の男女を瑞々しくリアルに描いた恋愛ストーリー。

アシンメトリー　飛鳥井千砂

結婚に強い憧れを抱く女。結婚に理想を追求する男。結婚に縛られたくない女。結婚という形を選んだ男。非対称（アシンメトリー）なアラサー男女4人を描いた、切ない偏愛ラプソディ。

きみが見つける物語　十代のための新名作　スクール編　編／角川文庫編集部

小説には、毎日を輝かせる鍵がある。読者と選んだ好評アンソロジーシリーズ。スクール編には、あさのあつこ、恩田陸、加納朋子、北村薫、豊島ミホ、はやみねかおる、村上春樹の短編を収録。

きみが見つける物語　十代のための新名作　恋愛編　編／角川文庫編集部

はじめて味わう胸の高鳴り、つないだ手。甘くて苦かった初恋——。読者と選んだ好評アンソロジーシリーズ。恋愛編には、有川浩、乙一、梨屋アリエ、東野圭吾、山田悠介の傑作短編を収録。

GOTH《ゴス》番外篇　森野は記念写真を撮りに行くの巻　乙一

山奥の連続殺人事件の死体遺棄現場に佇む男。内なる衝動を抑えられず懊悩する彼は、自分を死体に見たてて写真を撮ってくれと頼む不思議な少女に出会う。GOTH少女・森野夜の知られざるもう一つの事件。

角川文庫ベストセラー

FINE DAYS　本多孝好

余命いくばくもない父から、35年前に別れた元恋人を捜すように頼まれた僕。彼女が住んでいたアパートで待っていたのは、若き日の父と恋人だった……新世代の圧倒的共感を呼んだ、著者初の恋愛小説。

at Home　本多孝好

母は結婚詐欺師、父は泥棒。傍から見ればいびつに見える家族も、実は一つの絆でつながっている。ある日、詐欺を目論んだ母親が誘拐され、身代金を要求された。父親と僕は母親奪還に動き出すが……。

コロヨシ!!　三崎亜記

高校で「掃除部」に所属する樹は、誰もが認める才能を持ちながらも、どこか冷めた態度で淡々とスポーツとしての掃除を続けていた。しかし謎の美少女・偲の登場により、そんな彼に大きな転機が訪れ――。

DIVE《ダイブ》!!(上)(下)　森絵都

高さ10メートルから時速60キロで飛び込み、技の正確さと美しさを競うダイビング。赤字経営のクラブ存続の条件はなんとオリンピック出場だった。少年たちの長く熱い夏が始まる。小学館児童出版文化賞受賞作。

ラン　森絵都

9年前、13歳の時に家族を事故で亡くした環は、ある日、仲良くなった自転車屋さんからもらったロードバイクに乗ったまま、異世界に紛れ込んでしまう。そこには死んだはずの家族が暮らしていた……。